フルーツポンチ
村上健志の

俳句修行

村上健志

春陽堂書店

巻頭俳句

つむじにチョップ

靴褒めてあげられた距離初明り

サムギョプサル包むサンチュに微熱かな

君宛の葉書で君を突く日永

君の足這う蟻のこと教えずに

去る君の汗に張り付くソファーかな

朝の月口づけしたくなる淡さ

夕涼やつむじにチョップそっと乗せ

無花果や抜き出す指先の汚れ

片恋や湖上の月に届く波紋

君が去り残ったリズム桟の雪

歴代の君らに貸していたパーカ

胃に白湯を落とすふたりや淑気満つ

ハムで呑む

鞄からグミの小袋新社員

靴音を含める坂や花の夜

スーパーの隅に仏花や鐘霞む

花束の葉にホッチキス春北風

焦げ目まで丸いみたらし団子かな

白シャツや鳶数えて動く首

糸電話作る計画ソーダ水

八月やパンクしそうな手巻き寿司

パスタ巻き付けたフォークできのこ刺す

車窓から裸婦画のごとき秋の山

写真立ての裏映す窓雪の夜

うどん屋の小さき聖樹に芥かな

店先に並ぶ七輪年の内

紙吹雪作る鋏の音冴ゆる

翅のごと葱の張り付く夜半の床

薄目開けまた祈り出す初詣

生ハムじゃないハムで呑む三日かな

フルーツポンチ村上健志の俳句修行

はじめに

俳句を始めることは必然だった。

　村上健志という男を知るには彼の俳句を鑑賞することが一番の近道だろう。彼は口数の少ない男であまり自分のことを語らなかったが、酒を酌み交わしたときに珍しく饒舌になり「自分の俳句が誰かの生きがいにならなくても、誰かの息抜きになれたら嬉しい」と語っていたことを覚えている。その言葉を引き出したのが私ではなくレモンサワーだったことは悔しいが、彼の本音を聞けて嬉しかった。誰かの止まり木になることが彼の生きがいだったのかもしれない。そんな彼の生き様を存分にさらけ出したものが彼の俳句だ。

　こんな風にこの本の解説を名のある人に評されたらと憧れている。しかし憧れは憧れで、現実はそうはいかない。

俳句を始めたのは偶然だった。

僕が俳句を始めることになったのは、芸能人の俳句の才能を査定する『プレバト!!』というバラエティー番組に出ることになったからだった。これまでの人生で俳句に救われたわけでもないし、とある俳句に出会って世界の見え方が変わったからでもない。仕事の一つとして俳句を一回作る。ただそれだけだった。しかし、当時（今もそうだが）句でもなければ文学に精通しているというイメージがあるわけでもない僕が、この番組に出られるのには理由があった。

番組に出演する1年前くらいから僕は短歌をやっていた。短歌を始めたきっかけにも深い理由はなく、本当にひょんなことだった。なんとなく本屋さんをぶらついていて、ふと俵万智さんの『サラダ記念日』のタイトルにもなっている短歌を思い出した。あの有名な一首は知っているけれど他の作品を知らないな、とふと思ったのだった。当時、その一首を知っているだけなのに、他の短歌と違って「自由な表現するじゃん。やるじゃん俵万智」と分かった気になっていたことを思い出すと恥ずかしくなる（今も分かったつもりになっているだけなのだが、当時よりは幾分マシにはなったと思っている）。そして『サラダ記念日』を探した。本を開いたページに載っていた「ハンバーガーショップの席を立ち上がるように男を捨ててしまおう」という一首に目が留まり、面白いなと思った。短歌や俳句は教科書に載っているつまらないものだと思っていた。よく分からない昔の言葉を訳して、意味の通ずるものにするだけのものと思っていた。けれど面白かった。何が良いって言われると説明できないが「なんか良い」と感じた。「やるじゃん、俵万智！」と思い本を買った。そうして、僕も作ってみたい。いや、俺にもできる。と持ち前の勘違いで短歌を始めたのである。

　短歌を作るようになって1年くらいが経ったとき、ある番組に出演した。その番組のスタッフさんが昔一緒にレギュラー番組をやっていた人で、『プレバト!!』にも参加していた。その人に、「僕、短歌をやっているんで俳句もきっとできます。出してください」と冗談っぽく懇願した。その懇願のおかげかは分からないが『プレバト!!』の出演が決まった。短歌をやっていたからできるだろうと思っていた俳句。が、全然勝手が違った。やったこともない俳句をどうしてできると思ってしまったのか後悔した。大して知りもしないのにこうだと決めつけ、分かったつもりになる。やってないだけでやればできるという根拠のない自信を持つ。そして、やらないまま傍観し「自分には特別な感性がある」という思いを打ち崩されることなく、「やればできる」という言葉をお守りにし続けることが僕の習性だった。わざとヘンテコな俳句を作り、「お笑いに走りました」と逃げようとした。

けれど自分で「できます」と言った以上やるしかなかった。自信たっぷりにも関わらず、「全然ダメでした」の笑いなど大物でもない僕には求められていなかった。そうしてなんとか初めての俳句を作り褒めてもらうことができた。また褒めてほしくて俳句を作った。他の人よりも上手だと言われると優越感が満たされて気持ち良かった。

これが僕と俳句の出会いだった。内なる自分を表現したいでもなく。世界の美しさを謙虚に受け止め、それを誰かに伝えたいでもなく。ただ褒められたい、優越感に浸りたいという邪《よこしま》な気持ちが俳句を作る理由だった。その後、俳句をいくつか作るうちに面白さは色々と増えてはいったが、やはり「褒めてほしい」という誰かの評価が一番の価値基準であることは変わらなかった。

俳句を始めてしばらく経った頃、句会に毎月参加する連載の話を頂いた。

「句会」――そういったものがあるのは知っていた。

俳句の猛者たちが集まり命を削る場所。参加者たちの持ち寄った俳句を師匠のような人が目を通す。そして批評のために口を開くまで参加者たちは息を殺してそのときを待つ。刃のような静けさが張り詰めた場所。初めての参加者はコテンパンにダメ出しを受け、二度と俳句ができない体にされ、五七五と聞くだけで震えてしまうような恐怖心を植え付けられる場所。大袈裟ではあるが、そんなイメージがあった。

そんな場所に行って良いのか？　おそらくその場所にいる人たちは僕より当然句歴が長く、古文で習ったような文語体なんか使いこなしちゃっているに違いない。もしかしたら日常会話でも、「けり」とかを使っているかもしれない。テレビ番組でちょっと褒められただけで名人などと名乗っている僕を打ちのめしてやろうと思っているかもしれない。どうしよう？

「うざい」「かっこつけんな」と言われ続けた僕が手に入れた「俳句が上手な人」というイメージ。「番組に出ている俳句を始めたばかりの芸能人同士の中では」であるが、それでもそのイメージは僕にとって、とても優越感のあるものであった。

「見える色が一つ増えた」「雨が好きになった」「月に匂いってあるんですよ〜」。「俳句を始めて変わったことは？」という質問への答えを考え、自分って人と違う感性を持っているんだと悦に入っていた。それが奪われてしまうかもしれない。

しかし、僕はこの連載の話を受けることにした。「もっと俳句が上手になるための勉強になるから」というのは嘘ではないが建前だった。仕事だからという理由と、もしかしたら俳句に本気で向き合っている人たちの中でも通用するんじゃないか、いや圧倒するんじゃないかと、得意の根拠のない自信があったからだった。

そうして僕は毎月句会に参加することになった。

そんな句会での様子が、この本には載っている。先に言っておくと句会というものは僕がイメージしていたような殺伐とした場所ではなかった。句会によってそれぞれ色は違うが、そこにいる人たちは僕を優しく迎えてくれた。皆、優しく、よく笑い、おしゃべりで、そして俳句が好きだった。勉強の場というよりも彼らにとってそこは遊び場なんだと思う。鬼ごっこで手を抜いても楽しめないように、そこには本気があった。賞をとりに行くわけではないからチャレンジングなテーマや俳句を沢山見ることができた。良くない俳句を見つけてダメ出しをする場所ではなく、たった十七音しかない俳句から多くのことを感じ取ろうとしてくれる人たちばかりだった。自分の俳句がスイッチとなり、そこにいる人たちの想像や考察が膨らんでいくことが嬉しかった。報われるときのような高揚感を味わうことができた。俳句は古臭くてつまらないものなんかでは全くない。それどころかなんとも面白いものと実感することができた。そして何より優しかった。誰かよりも上手いと言われ優越感に浸る喜びよりも、自分の俳句を楽しんでもらえる喜びが強くなっていった。

俳句が好きになった。好きなものを存分に語っても「意味分かんない」と一蹴されない場所、それが句会だった。

この本はハウツー本でもない。句集でもない。なんとなく俳句を始めた一人の芸人が、よく分からないまま句会に参加した記録である。芸人であるにも関わらず、テンションを上げることもなく、話を振って盛り上げることもない。人見知りを発揮し、気を遣われ、遠慮気味にという姿勢を持ちながらも、心のどこかで見せつけてやると勘違いをし、そんな邪心を恥じながら俳句を愛する人たちと出会った記録である。

俳句のことはよく分からないままである。よく分からないけど、やはり俳句はなんか良い。思い違いかもしれないが「なんか良い」という、心から離れない景色や現象を言葉にして分かってもらおうとする。その「なんか良い」を分かってくれようとする人たちがいる。分析や技術的なアプローチでその「なんか良さ」の正体に近づこうとする。そして結局「なんか良い」と話を終えるのだ。

紙飛行機の着陸の瞬間。焼肉屋さんの肉やホルモンの部位が描いてある牛の絵。卵をかき混ぜる音。絵筆を洗い落として少し赤い水。晴れている日の雪。雨の音。月の匂い。なんか良いはなんか良い。そんな「なんか良い」を大切にしてくれた、この連載に参加してくださった全ての方々に感謝しています。

本の書き出しでこんなにも多く語ってしまった。やはり憧れとは違い僕はしゃべり過ぎてしまう。五七五という装置は僕にぴったりかもしれない。

村上健志

目次

装丁　平岡和之（ビーワークス）
写真　前　康輔
対談写真　カノウリョウマ
構成・文　加藤千絵（朝日新聞社）

※裏表紙に掲載の書籍は『グミ・チョコレート・パイン　グミ編』大槻ケンヂ・著（KADOKAWA 角川文庫 1999年）です。

1

秋雨降る豪徳寺

二〇一八年十月

修行先

車の会

初の吟行句会

村上さんと10月5日午後2時に待ち合わせ、向かったのは東京都世田谷区にある豪徳寺。ここを舞台に吟行している句会が「車の会」です。

「車の会」は、俳句結社「ホトトギス」の俳人・今井肖子さんと、肖子さんの母親で、やはり俳人の今井千鶴子さんが世田谷近辺に住んでいるアラフォーの若者（俳句界の平均年齢は70歳ともいわれています）と開いている吟行句会です。名前の由来は、8年前に始めた当初の句会場が「車」という名前の喫茶店だったから。今は豪徳寺で1時間ほど吟行した後、近くにある肖子さんと千鶴子さんの自宅で句会をしています。

俳句を始めて約2年、バラエティー番組『プレバト!!』で俳句の才能を開花させている村上さんですが、番組の宿題以外ではほとんど句を作っておらず、まして、その場で俳句の題材を探しながら句作する「吟行」は初めてだといいます。3時までの1時間、豪徳寺を散策して7句作るという「車の会」のルールに、少しおびえている様子。しかも、当日は降っているか降っていないかくらいのほそぼそとした雨模様でした。

肖子さんと対面し、やや緊張気味の村上さん。しかし「マスクの句（テーブルに君の丸みのマスクかな）からファンです」と言われて、思わず顔がゆるみます。「今日は〈秋の雨〉ではあるんですが、湿気があるのでむしろ〈颱風《たいふう》〉という感じかもしれません。せっかくの吟行句会なのに、〈秋晴《あきばれ》〉や〈天高し〉など秋らしい季語が使えない、非常にぼんやりしていて難しい天気ですね。でも境内の〈薄紅葉〉がきれいでしたし、〈木の実〉や〈落葉〉もありますよ」というアドバイスをもらい、「なんとか7句、形にします！」と意気込みます。

豪徳寺は幸い、ネタには尽きません。境内には本堂の他に三重塔もあり、広大な墓地の中には、かの大老・井伊直弼の墓もあります。「招き猫発祥の地」の一つとしても知られ、大小さまざまな招き猫が奉納されていて、近年は外国人の観光スポットにもなっています。

そんな境内を、携帯電話と電子辞書を握り締めながら、やや早足で歩き回る村上さん。「あの木の名前が分からない」「あの花の名前が分からない」「あの鳥が分からない」と焦りながら、「とりあえず五七五にはしました」と作ったのが次の7句です。（原文ママ）

台風に先達って萎れる仏花

からっぽの墓の花立て小鳥去る
招福猫児《まねぎねこ》すだち並んで売られおり
招福猫児の企むごと眼颶風《ぐふう》圏
三重塔より遠くから紅葉《もみ》づ
秋の雨脱げた地蔵の赤頭巾
薄紅葉絵馬に多様な言語あり

まずは名乗る練習から

「車の会」では吟行で作った７句を１句ずつ短冊に書き、それを肖子さんが集めて交ぜて、誰が作ったか分からなくした状態で「清記」用紙に清書します。清記に書かれた無記名の句を参加者が順に見ていき、それぞれいいと思った句をノートに書き留めます。その中から最も優れている「特選」を含めて８句を選句し、順に発表。もちろん自分の句を選ぶことはできません。

肖子　句会で自分の句が読まれたら、「私のです」と名乗ります。

村上　村上健志です？

肖子　下だけで大丈夫です。

村上　健志です？

肖子　「です」もなくていいんです。

村上　健志！

肖子　はい。これからいろいろな句会に行かれると思うんですけど、それによっていろいろです。「はい、〇〇です」っていう句会もありますが、私たちは俳号だけを言います。そこで初めて、誰が作った句かが分かるわけです。

おのおの選句を済ませ、まずはメンバーの自己紹介をすることにしました。この日、吟行に参加したのは村上さんと肖子さんを含めて男女７人。句会からは千鶴子さんも加わり、計８人で句座を囲みます。それぞれ名前と句歴を披露すると、13～15年選手を中心に、村上さんとほぼ同じ２年半が１人、俳句を始めたのが比較的遅かった肖子さんは20年ということでした。

村上　村上健志です。俳句を始めてまだ２年ですが、がんばります！

千鶴子 いつもテレビで拝見してますけど、あなた、いつも2等賞だもんね（俳句のバラエティー番組で夏と秋の2大会連続、村上さんは梅沢富美男さんに次いで2位）。

一同 （爆笑）

千鶴子 精鋭の中からまた（大会を）やって、それで2番目なの。

村上 1等賞取れるようにがんばります！

村上さんに続き、マイペースな千鶴子さんの自己紹介が始まります。

千鶴子 私は今井千鶴子と申します。俳句を始めてから70年。年数だけはだいたいの人に負けないんです。二十歳になるより前から始めたんですけどね。ちょうど戦争中だったんだわ。それで母も父も（俳句を）やってまして、親戚が全員やっていて、疎開してきゅーっと集まってたので、みんな戦争が退屈だから始めたんです。それでもう、70年くらいになります。もう90歳になりますので。よく足が痛くなりますのでどうも、ご迷惑をおかけしてすいません。

千鶴子さんと肖子さん母娘はいずれも、俳句結社「ホトトギス」の同人です。正岡子規が創刊した俳句誌『ホトトギス』を継承した高浜虚子が主宰し、今に引き継がれている最大の結社です。四季による自然を先入観なしに詠じる「花鳥諷詠」「客観写生」を掲げ、季語（ホトトギスでは季題）を主題にした十七音の定型を守っています。

まともじゃない句が4つ!?

肖子　（披講の前に）みなさん、何か「あれ?」と思うような句はありました?

千鶴子　4つくらいありました。でもあとはまともだと思いました。

一同　怖い!（笑）

村上　4つはまともじゃないって、むちゃくちゃ怖いですね。

千鶴子　とにかくね、私、今の世の中にはあまり理解できないことが多いんですよ。第一スマホ持ってないし。〝炎上〟なんて全然分からないし。

一同　（爆笑）

肖子　〝炎上〟が分からなくても生きていけるから大丈夫です。

千鶴子さんからやや謎の講評があり、いよいよ誰の句がよかったかを明らかにしていきます。村上さんの俳句の結果は――。7句中3句が千鶴子さん、肖子さんらの選に入りました。

台風に先達つて萎れる仏花　肖子選
からっぽの墓の花立て小鳥去る　千鶴子ほか1人選
招福猫児すだち並んで売られおり　千鶴子選

《からっぽの墓の花立て小鳥去る》の句は、10月の季語である〈小鳥〉を詠んでいますが、同じく季語である〈小鳥来る〉と詠んだ方がいいのか、議論になりました。〈小鳥〉も〈小鳥来る〉もこの季節、日本に渡ってくる鳥や、山から人里に降りてくる小鳥たちを指します。

肖子　これ、やっぱり去っちゃいますかね。小鳥が来た方がいいなと思っちゃったんですよ。花立てが空っぽだから、小鳥が去っちゃうと寂しい感じ。
参加者　「小鳥去る」と〈小鳥来る〉で印象が変わりますね。
千鶴子　〈小鳥来る〉っていうのは、小鳥の声がしてもいいの。
肖子　別に実体が見えなくてもいいのね。
村上　なるほど。

千鶴子　〈小鳥来る〉って言うと小鳥が飛んで来たっていうんじゃなくて、小鳥が来るような季節になった、っていう感じでしょ。だけど「小鳥去る」って言うとね、目の前を動くのよね。だからちょっとおもしろいと思ったの。たいていみんなこういうとき、《空っぽの墓の花立て小鳥来る》ってするでしょ。それが「去る」って言うと、目の前をぱっと去ったのが「見える」なって。

参加者　「来る」だと遠くの景色で、「去る」だと近くに焦点が当たっている感じがしました。

千鶴子　俳句ってさ、十七音しかないからね。字が一つ違っても、助詞が一つ違っても、意味がぱっと変わっちゃうのよね。見える景も変わっちゃうしね。

ちなみに今回、千鶴子さんの特選になったのは以下の3句でした。

秋冷や背を丸めつゝ初対面　今井肖子

秋の雨濡れたフランス語の会話　岸田祐子

時折の風と小鳥の声見上げ　今井肖子

感想戦——「のびしろ」見せたかった

句会を台無しにしないように

——お疲れさまでした。

めちゃくちゃ緊張しましたね。一句も選ばれなかったらどうしよう、って。何句か選ばれたからよかったんですけど。自信があるような「きたきた！」みたいな句は正直なかったんです。せっかくだから「かましてきたな」とも思われたいじゃないですか。僕みたいなまだ全然技術もない者が雨の降り方とか、お寺の建築物の描写をしたところで、ただつまらないだけになるから。みんなが言わないかもな、っていうのを織り込んだんです。「企てるような眼」とか、運がよければ（選ばれるかも）、みたいな。せっかくだったら「こいつ、のびしろあるかも」って思われたかったので。でも、あとは素直に見えたものを詠みました。「すだちと招き猫が一緒に売っていた」っていうのはもう単純に見えたもののままです。

句を発表した後に、みんなで「小鳥が来るがいいかな、去るがいいかな」とか考察してたのがいいですね。僕はあんまり分からなかったから入っていけなかったんですけど、ああいうことが楽しいんだろうなと思いました。《からっぽの墓の花立て小鳥去る》の句は、お墓があったのでなんとか句にしようと思っていた中で、花がささっていない花立てと、すでにむちゃくちゃ萎れてる花ばっかりあったから、《台風に先達つて萎れる仏花》っていうのと2つ詠んでるんですよ。そもそも、そういうものが好きなんです。華やいでいるものじゃなくて、ちょっと朽ちているものが好きなんです（笑）。

あと、俳句とは別ですが「（句を）いただきました」とか「健志」って名乗るとか、句会独特の言い回しが恥ずかしかったですね（笑）。舞台で「どうもー、フルーツポンチ村上です」って名乗るのはもう慣れてるので、全然恥ずかしくないんですけど。みんなふつうに言ってるから、そういうものなんだ、と思って。

みんな優しかったし、十年クラスの人たちにまざれただけでもよかったです。「こいつマジ下手だわ」って思われて句会を台無しにしたら、一番嫌じゃないですか。誰かから怒鳴られることもなく、今日は楽しかったです。いつか「やめた方がいいよ」とか言われるのかなあ……。

——先生からのアドバイスです。

根本的にセンスがいいんだなあと思いました。一つだけ言うと、「颶風」「先達つ」などの言葉遣いが教養深いと思う一方、文字に語らせないで平明に、という虚子の言葉も浮かびます。知り合いに、中学3年生までに習った言葉だけで句作を心がけていると言っている俳人がいますが、そこまではなくても、平明にして余韻がある、という佳句の本質を忘れないでほしいなあと思います。（肖子）

二〇一九年七月

2　蓮見舟の吟行

修行先

卯浪俳句教室

千葉の天然湖沼・手賀沼へ

7月9日午前10時、JR我孫子駅に降り立った村上さん。この日の目的は、千葉県の手賀沼で「蓮見舟」に乗ること。蓮見舟とはその名の通り、蓮が間近に見られるように群生地まで運行している舟です。

都心から電車に乗ること30分、千葉県の北西部に首都30キロ圏で唯一の天然湖沼・手賀沼が広がっています。案内役を務めてくれるのは、日本伝統俳句協会が主催する「卯浪俳句教室」柏教室の講師・田丸千種さん。「（お笑い番組の）『爆笑レッドシアター』からのファンで、まさか俳句をされるとは！」と歓迎してくれました。

「卯浪俳句教室」は主に若い俳句人口を増やそうと、14年前に始まった初心者向けの教室です。頭の中で考えず、自然から刺激や感動を得て俳句を作る「吟行」を中心にしていて、柏教室は現在、田丸さんを入れて17人。この14年間、ほぼメンバーの入れ替わりはないそうで

「外に出てスッキリ感があるから、みんな続いてるんじゃないかなって思う。みんなで集まって、外を歩いて、俳句を作って、句会してっていう、その一まとまりがクセになるん

じゃないかしらね」と田丸さんは笑顔で話します。

この日は同じく卯浪俳句教室の横浜教室と原宿教室も加わっての合同句会でした。平日ということもあって、子育てが一段落した主婦の参加が多く、横浜教室を主宰する小川みゆきさんは「年を取って動けなくなってもできる俳句を、一生の趣味として育ててほしい。自分の心を平静に保てるように、楽しみが見つけられるように、俳句を生きる力としてほしいと思っています」との願いを語ってくれました。

我孫子駅から10分ほど歩くと、手賀沼が見えてきます。沼のほとりはかつて、柳宗悦や志賀直哉、武者小路実篤ら文人が暮らし、季節ごとにさまざまな野鳥が飛来する風光明媚な場所。舟の出航まで時間があったので、各自ぶらぶらしながら俳句のネタを探すことにしました。ギリギリ雨は降っていないものの、空はどんよりとして肌寒く、〈梅雨空〉〈梅雨曇《つゆぐもり》〉〈梅雨寒《つゆさむ》〉などの季語がぴったりの天気。沼に目を向ければ、アメンボや白鳥の親子が泳いでいたり、寂しげなスワンボートが浮いていたりと、題材はいろいろとありそうです。「自然って難しいですよね。多少人間が作ったものがあった方が、着眼点を変えるにはいいんですよね……」とつぶやきつつ、村上さんも沼の周囲を巡ります。

出航時間の11時、10人も乗ればいっぱいの蓮見舟に背中合わせで座り、蓮の群生地を目指しました。手賀沼は浅い沼で、深さは約80センチ。杭が立っているところは最も深く２、３メートルあり、冬場、水底に集まってくる魚の釣り場になるそう。杭に止まっている川鵜は魚を狙っています。

手賀大橋を越えると、見えてきたのは背が低くてまばらな、若干さみしい蓮田……。船頭さんいわく「去年は６月の終わりから花が咲いていたけど、今年はカーッと暑い日がなかった」ので、まだ蓮が育っていないそう。例年だと舟の屋根を越すほどの背丈で、ジャングルの中を分け入っていくような景色とのことで、これには田丸さんも「蓮がないなんて思いもしなかった……」とガッカリした様子でした。

目当ての蓮の花は３輪のみ。「ジャングルの蓮原を見てほしかったので、ものすごく申し訳ないなって感じ」と言う田丸さんに、「舟に乗れてよかったですよ。ジャングルもそれはそれで楽しそうですけどね」と村上さん。「この前も（埼玉の）長瀞のライン下りの舟に乗ったんですけど、僕、単純に水を見てるのが好きかもしれない」。原宿教室の講師・今井肖子さんも「美しい花がいっぱい咲いてたりすると、逆に（句作が）難しくなることもありますから」と励まし、みな気を取り直して〈蓮原《はちすはら》〉〈蓮浮葉〉〈蓮見舟〉〈舟遊《ふなあそび》〉といった季語で句を作っていきます。

エンジン音を響かせ、風を切って走る舟に1時間乗り、いよいよ冷えてしまった体を昼食のカレーそばで温めて、午後2時から句会に臨みます。村上さんが提出したのは以下の7句でした。（原文ママ）

自販機のモーター音消え水馬《あめんぼう》
梅雨寒の沼より尾びれ出でし音
ヒメシバのはみ出るベンチ昼寝人
四体の河童像一羽の河鵜
空摑むごと裏返る風の蓮
レンズ向ければ羽閉じる河鵜かな
真白し蓮の雫は銀色に

空と最高点をつかむ

句会に参加したのは総勢30人。それぞれ無記名で7句ずつ提出した計２１０句を見渡し、いいと思った7句を選び出して、それを講師の田丸さん、小川さん、今井さんの３人が代表して読み上げます。講師のみ、入選句のほかに特選10句を選び講評しました。この日、田丸さんの特選を含む最も多い９人の選を集めたのは、なんと村上さんの句でした。

空摑むごと裏返る風の蓮　**村上健志**

田丸　お上手ですね〜。「空摑む」っていう措辞ですよね、それで成功してる。これは「そら摑む」ではなく「くう摑む」ですよね？

村上　ちょっと、どっちでも……。

一同　（笑）

田丸　みんなが今日、風に裏返る蓮を見たんですけど、ただ裏返るだけじゃなくて裏返り方が空《くう》を摑む、っていうそこをとらえたところで、なかなか斬新な句になりました。

9点句はもう一つ、八木たみ女さんの《美《は》しきもの遠くにありと蓮見舟》もありました。続く8点句は久米孝子さんの《エンジン音止みて蓮田の寂として》他、次の2句でした。

羽脱鳥ものうき首を沼へ差し　**田丸千種**

今井　〈羽脱鳥《はぬけどり》〉（＝6月ごろに羽の抜け替わる鳥類）は難しくてなかなか作れないんですけど、お二人くらい作っていらしたのできっとご覧になったと思うんです。「沼へ差し」の、首のヌケヌケ感みたいなのがちょっとわびしくていいなと思いました。

紅蓮に巧みに寄せる棹捌き　**斉藤久野**

小川　今日は花が3つしかなくって、船頭さんが一生懸命それを見せようと思って寄せてくれて。本当に棹捌きっていうか、小さな舟に10人も乗せて命を預かるわけですから、舟の操りは上手かなと思いました。

7点を取った村田五百代さんの句は、うち2点が講師の特選でした。

梅雨寒やしょぼくれていく沼一枚　**村田五百代**

田丸　「しょぼくれていく」ってふつうは言えない。沼がしょぼくれていくみたいな大変言いにくいことを、思い切って言った。ちょっと今日、蓮もしょぼかったですよね。蓮も沼全体も、私たちが知ってる手賀沼の蓮田から思えばずいぶんしょぼくれていたんですけど、それをハッキリ言ったところがよくやった、みたいな感じになりました。

小川　「しょぼくれて」って言葉が今日の沼の様子をよく表しているんじゃないかなと思って、よく言った言葉と思いましたね。

6点句は松本住江さん《舟床の背中合せや夏座蒲団》、八木たみ女さん《蓮沼に蓮の花見ぬ淋しさよ》《分け入るといふこともなく蓮見舟》、駒井ゆきこさん《悠々と漂うてゐる蓮時間》《裏返る蓮の葉風の号令に》の他、村上さんの句が今井さんの特選になりました。

梅雨寒の沼より尾びれ出でし音　村上健志

今井 沼から何か跳ねましたっていうのを、具体的に「尾びれ出でし音」って言うと瞬間の感じが出るなと思いました。ちゃぽん、みたいな感じがいいなと思いました。

村上さんの句は他に《自販機のモーター音消え水馬》《レンズ向ければ羽閉じる河鵜かな》がそれぞれ2点句になりました。この日は俳句はもちろんのこと、選句もすばらしかったようで——。

千種 ものすごくいい選で、講師3人の句を一人ずつちゃんと取ってて（※）、なんて空気が読める！　すばらしいですね！（笑）　最後にせっかくですから、今日のご感想でも句を褒めていただいても、どんなことでも結構ですので一言お願いします。

※無記名で選んだ7句のうち3句が《蓮沼の復路真っ直ぐ真っ平ら（小川みゆき）》《蓮沼に蓮育つ夜をかさねゆく（今井肖子）》《梅雨の鵜の乗るや捨舟ちよと揺るる（田丸千種）》でした

村上 吟行をするのは2回目で、しかも場所指定でウロウロするならまだいいんですけど、ツアー的にみんなで同じところに行くと、なかなか人と違うところを見つけるのは難しいとは思いました。でも、その中でみんな葉の裏返り方とか、花が少ししか咲いていないことに対する表現とかがあんなにあるんだな、と思って勉強になりました。

千種　今日の句は、（『プレバト!!』の）夏井いつき先生のご指導とはだいぶ違うと思うんですけどね。テレビで拝見するだけですけど、『プレバト!!』の俳句って（事前に題が出て）一句を作り込んでくるじゃないですか。ああいうのと、私たちが今日やった吟行句と、作り方はだいぶ違います？

村上　そうですね。番組の方は全部が全部じゃないですけど、オリジナリティーというか、着眼点自体が人とちょっと違うことに重点を置きたいんです。吟行でもそれは多少ありますけど、だからといって今日蓮を詠まないとかあんまりないじゃないですか（笑）。それが人と違うってことではないなと思うので、蓮とは向き合うけど、みんなが言っていない蓮の言い方ないかなとか、考えていました。いろいろ（ネタを）探したり、表現の仕方とかあるんですけど、結局風があって蓮があったら裏返ると言いたくなるし、少ししか花が咲いていなかったらそのことを言おうってなっちゃうので、その辺のバランスは難しいなと思いましたね。

千種　どっちが作りやすいですか？

村上 どっちも作りにくいんですけど（笑）。どっちもやっていって、いつか合わさってすごくいいのができたらいいなとは思います。

千種 そうですね、それはみんなが思うことですよね。ありがとうございました！

感想戦——吟行はうそがつけない

当たり前を発見できた

——お疲れさまでした。

　今日はいい場所でした。どんなにきれいな場所でも、意外と2時間も3時間もいられない。でも吟行って目的があると、（俳句のネタが）何かないかなって探すのでいろいろ見られるし、そういう意味で吟行っていいなと思いました。

　今までの句会と違うのが、兼題や席題って着眼点とか、今まで見てきたものとか、自分が持ってるもので勝負じゃないですか。でも吟行ってうそがつけないというか、「そんなのなかったでしょ」っていうものは詠めないじゃないですか。そこは（句が）平凡になるかもな、と思いながらやってましたね。

　今日の《梅雨寒の沼より尾びれ出でし音》の句は、ふつうに沼を見てたらたまに「ちゃぽん」って鳴ったんですよ。ちゃぽんって鳴ってるときってどういうことになってるんだろう、って思ったら、当たり前なんですけど水中で物が動いても音が聞こえないから、何かが空中に出てきた瞬間しか音が鳴らないんだ、っていうのを発見して、俳句にできないかなと思って。たぶん家で作っても、魚がちゃぽんって鳴ることに対する映像が浮かばなかったから、実際に見たものを俳句にできて、行ってよかったなと思いましたね。

――先生からアドバイスです。

もともとフルーツポンチのファンだったので楽しみにしていました（お笑い好きです）。《空摑むごと裏返る風の蓮》の句を特選にしましたが、他にも「自販機のモーター音」の外し方、「尾びれ出でし音」の切り取りなど、さすが言葉を扱うプロと感心しました。

感受性の柔らかさが心地よく、詩的センスは抜群だと思います。

逆に言えば、あまりにツッコミどころがなく、もうちょっと破綻があってもよかったかなと。吟行句会だから仕方がないのですが、慣れれば同じ着眼でもっとすごいところに飛べる方だと思います。

「正統に弾ける」って、かなりなムチャぶりですが、ぜひ吟行を重ねて、これまでにない俳句世界を見せていただきたいと期待します。

（千種）

3 俳句らしくない句を

二〇一八年十一月

修行先

小部屋句会

今までに見たことがない句に期待

11月12日午後7時、リュックをしょって村上さんがやって来たのは東京・新宿のとある喫茶店の個室。ここで月に1度、佐藤文香さんが司会・進行役を務める「小部屋句会」が開かれています。

1968年以降に生まれた俳人たちのアンソロジー『天の川銀河発電所』を手がけるなど、若手俳人の中心で活躍している文香さん。俳句を始めたきっかけは、テレビ番組『プレバト!!』などでおなじみの俳人・夏井いつきさんとの出会いです。文香さんが神戸から松山に引っ越して通った中学校で、非常勤講師をしていたのが夏井さんでした。

「地元のテレビ局が夏井さんに目を付けて、中学生が俳句を通して変わるドキュメンタリーを撮ることになったんです。そのときに白羽の矢が立ったのが私のクラスで。キモい生徒だったのでめっちゃ俳句を作ったんです（笑）」

それから夏井さんがファックスで募集していた句会に投句し始め、俳句甲子園に憧れて強豪校の松山東高校に進学し、1年のときに優勝、2年のときに個人の最優秀句に輝きました。

目指しているのは師匠である池田澄子さんの、さらにその師匠である新興俳句の故・三橋敏雄さんの「自己啓発あるのみ、新しい俳句を書く」。今までにない俳句を作るのはもちろん、句会でも「今までに見たことがない句が出ればいいなあ」と期待しています。

小部屋句会では、「五八五の句」「季語がない句」「文法の間違っている句」「記号を入れた句」など、毎回ちょっと変わったお題が出されます。今回は「俳句かどうか分からない句」を含む5句を作って事前に提出することになりました。「俳句かどうか分からない」の解釈は自由です。このお題を受けて、村上さんが提出したのは、次の5句です。（原文ママ）

昨年度の赤本鍋敷きにして夜食
空席やブロッコリーのなきシチュー
満月や踏んだことない部屋の角
罪映す防犯カメラ冬の月
はぐれたら蜜柑売り場でまた会おう

「俳句かどうか分からない句」は、《はぐれたら蜜柑売り場でまた会おう》の句です。村上さんいわく「蜜柑売り場っていうことしか映像として見えないっていう意味で」キャッチフレーズっぽく作ったとのこと。《満月や踏んだことない部屋の角》の句は、もともと作っていた短歌《まだ踏んだことない部屋の角見つめ宇宙とはとか考えている》を俳句にアレンジしたもの。一番自信がある句は《昨年度の赤本鍋敷きにして夜食》の句で、「まあまあの『あるある』で、いわゆる俳味があるかなと自分では思ってます。〈夜食〉が季語で、秋の感じも意外と出るかなって」。しかし致命的なミス?・を犯していて、気付いたのは句会の最中でした――。

小部屋句会は、参加者が前日までに宿題の5句を文香さんにメールで送り、それを作者が分からないようにして紙にまとめたものを配るところから始まります。メンバーは「非固定制」で、来ても来なくても自由。この日集まったのは村上さん、文香さんを含めて男女10人。二十歳前後の大学生が4人とフレッシュな顔ぶれかと思いきや、実は俳句甲子園経験者が6人いるという強者ぞろいです。

「いい句」はどう選ぶのが正解？

ガールズたちが注文したメロンソーダと、村上さんらが頼んだアイスコーヒーなどが運ばれてきて、まずは選句からスタート。自分の句を除き、いいと思った5句を20分かけて選んでいきます。5句×10人の50句がずらりと並んだ紙を前に、村上さんは頭を悩ませている様子。

村上　選ぶの、むちゃくちゃ難しくないですか。「おまえ、これ選んでんの？」って思われたらどうしようっていうのが先に来ちゃうっていう。

松井亜衣　そんなこと考えたことなかった（笑）。

高野恵　もう、好き勝手に選んでます。

村上　どっかで当たり障りのないやつ選ぼうかなっていう意識もすごく混在する。どれもよく見えてくるので、何をもっていいっていうのかだんだん分からなくなってきて。世界観はすごく好きなのに、「それ、技術的に間違ってるんですよ」って言われる可能性もあるじゃないですか。その辺（の選び方）が分からないですね。

「みんなは、何に気を付けて選んでますか?」という文香さんの問いかけに、「本当に何回も読んでいって、絶対的に残った句。〝やっぱりこれがいいな〟って思えるまで読んでいく」という人もいれば、「直感」「見た目で選びました」という人もいる、なかなか自由な小部屋句会。全員が選び終わったところで、文香さんから順に特選1句、並選4句を発表していきます。小部屋句会は「点盛り」といって、読み上げられた句に1点ずつ点数をつけていき、全員が発表し終わったところで点数の多い句について合評します。最高点の5点を獲得したのは、３年前に俳句を始め、２０１８年8月から句会に参加しているという松井亜衣さんの句でした。

さんせいはんたい柔らか犬ふぐり　**松井亜衣**

文香　まさかこれが5点とは!

大西菜生　小さい子どもたちが「さんせいはんたい」って優しげに言っている光景が浮かびましたし、「犬ふぐり」までその柔らかさが浸透していて句全体の優しい雰囲気にひかれました。

文香　リズムは気にならないですか？　リズムを整えるなら《さんせいはんたい柔らかな犬ふぐり》かな。どうでしょう。

瀬名杏香　このリズムに、女子高生っぽいキュートさがあるなと思いました。

高瀬みつる「さんせいはんたい」が対義語なのにひらがなにすると韻が似ていて、そこに言葉遊びっぽいおもしろさを感じました。

文香「ん」と「い」が共通してるもんね。取らなかった人はどうですか？

中矢温「柔らか」と言わずとも、「さんせいはんたい」の書き方が柔らかさを出しているような気がして。

文香「やわらか戦車」ってなかったっけ？（笑）戦車は柔らかくないからおもしろいんだけど、犬ふぐりは柔らかかろう、と。村上さんは取ってないですけど、どうですか？

村上　すごくよかったんですけど、ちょっと言い過ぎというか、「さんせいはんたい」がひらがなだからすでに柔らかさがあるけどな、っていうのは思いました。

句会の中で文香さんは「先生」という立場ではなく、「司会者」として参加者にその句を選んだ理由、または選ばなかった理由を聞いていきます。カルチャーセンターで講師をしていた経験もありますが、「教える・教わるの関係性では自分が楽しめないなと思って」全部やめたんだそう。「自分の気持ちの問題ではあるんですけど。この句会では、司会者の特権で好きなことを言いますよ、という感じですね」

眉毛の中にほくろがあるのは、自分か恋人か

そんな文香さんの《白鳥はおほきくてこの空から来る》が、続く4点を獲得。議論が盛り上がったのは、同じく4点だった佐藤智子さんの句でした。智子さんは文香さんのワークショップをきっかけに２０１４年から句作を始め、才能を発揮している一人です。

冬めくや眉毛の中にあるほくろ　**佐藤智子**

瀬名　親しい人へのまなざしですよね。眉毛の中にあるほくろは気付かないようなものだから、恋人か好きな人に向けている。それがすてきだなと。季語の〈冬めく〉が予定調和な気もするけど、そんなにうるさくない。あと、ちょっとエロくないですか（笑）。

文香　人のほくろ、って解釈したんだよね？　自分のほくろの可能性もあるよね。どっちがいいだろうね。

村上　僕は人のほくろがいいな……って思っただけです（笑）。冬っていうものが少し、人寂しさを連想させるものならば人のかなって。

文香　私は自分かなあと思ったので、そう受け取れば、エロいっていうよりはおもしろい。なんか眉毛の中にほくろがあったら毎日「あるな」って思うはずなんだけど、季節の巡りの中で〈冬めく〉という空気感が合うなと思いました。毛の中にあるほくろがちょっと動物っぽい。冬眠のイメージというか、毛にくるまれてる、みたいな。

高瀬　文香さんがおっしゃったように、自分のほくろだったら毎日気付くので、私は人のだと思ったんです。〈冬めく〉の「めく」っていう言い方が、眉毛の中にあるほくろに気付けるくらいその相手と距離が近づいて、これから冬にはなっていくんだけど、きっとこの人たちの関係性もより発展していくのかなあとか。寒くなっていくけど暖かく過ごしていくんだろうな、っていうところにほっこりして選びました。

文香　確かに〈冬めく〉ってちょっと明るいイメージがあるかもね。これは相手のほくろだと取った方が、〈冬めく〉は効くかもしれない。こう、顔が近づく感じになった方が（笑）。

この後、3点句、2点句と句評が続き、村上さんの句は次の3句が1点句になりました。

空席やブロッコリーのなきシチュー
はぐれたら蜜柑売り場でまた会おう
満月や踏んだことない部屋の角

一番自信のあった《昨年度の赤本鍋敷きにして夜食》は、《昨年度の赤本鍋敷きに夜食》のつもりが「して」を入れて提出してしまったことに選句の途中で気付きました。字余りで俳句のリズムが乱れてしまったものの、「去年の、じゃなくて昨年度の〝度〟が結構いい」との評でした。

句会が終わってから、文香さんに今までに見たことがない、新しい表現の句に出合えたか尋ねると「なかなか新しい、かついい句に出合うのは難しいですが」と前置きしつつ、今回のお題「俳句かどうか分からない句」を意図した作品から2句を挙げてくれました。

「《大きな駐車場月の感じがほら冬で（佐藤智子）》は空間把握がうまいなと。〝大きな駐車場〟って出すだけで、駐車場の底面積だけじゃなくてその上に広がる空間まで感じられる。その後で、〝月の感じがほら冬で〟って長く言葉を使って冬の月であることを認識する過程が描かれている。月といえば秋じゃなくて、この月の感じが冬だ、って言い方は俳句にけんか売ってる感じもあるんですよね」

もう一つは俳句甲子園に出場した経験があり、今は音大生という高野恵さんの《らしくない君と刈田の道歩く》。

「〝らしくない〟で始まってる句を今まで見たことなかったんですよね。〝らしくない君〟について我々は何も知らないから、〝君らしさ〟が分からない状態で〝らしくない〟って言われてるんでしょ。だから想像しようがないんだけど、でも刈田の道を歩いてるこの2人っていうのがいとしいな、と思いました」

感想戦 ― 句を読み込む力を実感

さりげなくいい句を選ぶ

――お疲れさまでした。

今回も楽しかったです、本当に。しかも佐藤文香さんって、《夕立の一粒源氏物語》の人ですよね。俳句甲子園で評判になった一句を作った人ですよ。僕もすごくいいなと思ってたんですよね。

今回は人数が多かったので、あの時間内に50句を見て、きちんと選べてない気がしたんですよ。なんとなくバーって見て、引っかかるものをもう一回見直して、あとはもう好みですよね。

僕も作るときにすごく悩むんですけど、俳句の世界って、いいと思われようとしてるわけじゃないですか。でもそれが（読み手に）見えたらあんまりよくないですよね。僕から見て「わっ、強い言葉だな」っていうのが出てくると、少しだけ遠ざけてるところがあるなと思いました。逆にさりげないのに、「うわーそこ、そうだな」っていう句は好きなんですよ。俳句としていいかは分からないけど、その一点があるものを結構選びましたね。その後みんなの句評を聞いて、「確かにこっちもよかったな」とか「こっちの方がいい可能性があるんだ」って思ったんですけど。みんなめちゃくちゃ読み込む力が強くて、それに振り落とされないように必死でした。

何回か会って仲良くなったメンバーと句会をしたら、またちょっと違うんだろう、っていうのは思いました。同世代だと楽しいだろうなと思って。僕らが飲み会でその日の番組の話をするくらいフランクに言えたら楽しいだろうなあ。指摘を受けて「そうでした」って謙遜するだけじゃなくて、「そうかな、でも僕はこっちの方がいいと思います」って言えた方が、俳句には絶対の正解がないから。どうしても遠慮するし、向こうにももちろん気を遣っていただいているので。今回も何句か選んでもらったからよかったけど、むちゃくちゃドキドキしましたね……。

——佐藤文香さんからアドバイスです。

村上さんの作品には、現代の私たちの身の回りの発見が背伸びせずに書かれていて、うちの句会になじんでいるなあと思いました。余裕が出てきたら、身辺以外の語彙から発想してみるのもおもしろいと思います。また、選句の迷いについて、他人のおもしろい作品をいろいろ読んでみると、俳句の世界に今どういう作風があって、自分はこういうものをいいと思う、というのが分かってくるので、自信を持って選べるようになるし、句会で点が入らなくてもあまり気にならなくなる。また、好きな俳人がいると、句会での雑談も盛り上がりますよ。

4 王子とクリスマス

二〇一八年十二月

修行先

玉川大学

宿題は「クリスマス」と「雪」

「えーっと、フルーツポンチの村上さん?」

師走も終わりに近づいているとは思えないほど暖かな12月21日の午後、警備員に呼び止められたのは、東京都町田市にある玉川大学の正門。今回は、「俳句王子」こと俳人・髙柳克弘さんの大学の講義に参加させてもらうことにしました。

髙柳さんは、村上さんと同じ38歳（※取材時）。「王子」の由来を尋ねると、「いや〜お恥ずかしい」とはにかみます。

「去年1年間『NHK俳句』に出たときに、何か二つ名があった方がいいんじゃないか、っていうことになったんです。最初に出てきたのが『俳句王子』で、それから代案をスタッフの方とみんなでいろいろ考えたんですけど、結局一番分かりやすくてキャッチーだから、ってことで最終的に決定しちゃったってことですね」

おだやかな口調で語る髙柳さんですが、実は2000人の同人を抱える俳句結社「鷹」の若き編集長でもあります。4年前からは玉川大学の非常勤講師として「日本文学概論」の授業を担当し、『万葉集』に始まる日本文学の流れとともに、「俳人として学んできたこともあるので、俳句をはじめ短歌、詩なども重点的に」教えているとのこと。自身は俳句の伝統を守りつつ、表現を刷新し続けることを厳しく追求していますが、二十歳前後の若い学生たちには「まだまだ俳句は新興文学で未知のところもありますから、こういうものだよって決めないで自由に、俳句臭くならないように作ってほしい」と話します。

今回のお題となる季語は〈クリスマス〉と〈雪〉。高柳さん自身が、二つの異なる言葉をぶつけることで思いがけない表現を引き出す「配合」という手法に俳句のおもしろさを感じていることから、配合を意識した作品を、というオーダーでした。村上さんが事前に提出したのは次の3句です。（原文ママ）

擽《くすぐ》れど無言のフィギュアクリスマス
稽古場の結露す鏡雪催《ゆきもよい》　**※雪催＝今にも雪が降り出しそうな空模様**
コンドーム持ってたんだね明の雪

高柳さんと審議した結果、コンドーム句は《**粉雪や激しく回る乾燥機**》に差し替えることになりました。裏話は後述するとして、3、4年の学生15人プラス髙柳さんと村上さんが各3句を提出し、そこから特選1句を含む5句を選ぶ「選句」で授業はスタートしました。

学生生活に沿った句が人気に

それぞれの句は無記名でシャッフルされていて、誰が作ったものかは分からないようになっています。選ばれた句に1点ずつ加算していくと、《雪国の電車は強し無休校（飯田大樹）》《雪だるまデコボコ背比べ道路端（長部優花）》など、学生たちの生活に沿った句が人気になりました。最高の7点を獲得したのは杉田和弥《なごみ》さんの句です。

照れ隠し聖夜にマフラー必需品　**杉田和弥**

谷髙真寛　マフラーを女の子が口元を隠すくらいまで巻いてる想像がつくし、かわいいなと思いました。

髙柳　すごくピュアな感想で、ちょっともう、何も言い返せません（笑）。取ってないですが、健志さんはどうですか？

村上 みんなが言う通り、確かにこういう光景はすごくかわいいなと思います。クリスマスに女の子がマフラーを顔まで埋めてる姿は美しいし、飲み会の会話としては分かるんですけども、文学として僕らの想像力をかき立てるかというと難しいかなって思いました。僕もマフラーは大好きで、マフラーは女の子のためにあると思ってるんですけど、でもこの光景は、僕は知ってたかなって思ったんで（取らなかった）って感じです。

髙柳 やっぱり共感も大事なんだけど、こういう世界を今まで知らなかった、っていう驚きが一句の中から感じられると、それも俳句の大事なところじゃないかなと思います。私がこの句にひかれつつ取らなかったのも、健志さんと同じ理由でしたので、そこがちょっと世代間の違いが出たかなという気もしますね。これは大学生であるみなさんの今の記録として残してほしい句だなと思いました。作者は誰ですか？

杉田 なごみ……。

村上 ごめんね、なんか。

杉田 これは彼氏とクリスマスにイルミネーションを見にいったときに、マフラーをしてたんですけど、寒いのと、恥ずかしさっていうか、付き合って間もなかったので、そのマフラーで口元を隠して表情を見られないように、っていう心情で詠みました。

学生たちより俳句の経験があり、年長者ということもあって、これまでになく口がなめらかな村上さん。6点を獲得した大村潤平さんの《雪合戦ヒートテックは戦闘服》の句に、「雪合戦をしてて暑くなって、1枚上を脱いでヒートテックだけになった姿が、『ドラゴンボール』に出てくるキャラクターの戦闘服の黒いアンダーウエアに似てるなって映像が浮かびました」とコメントして爆笑を誘います。《プレゼント交換中身は白タオル（石黒比菜）》という句にちなんで、髙柳さんから「プレゼント交換の思い出はありますか？」と振られると、「僕ら芸人は毎年、今田（耕司）さんとか独身の人が集まって5000円っていう値段設定でプレゼントを用意して、最後みんなで投票してビリだった人が来年1万円になるっていうルールで交換会をやってるんです」と明かしました。

村上さんが発言するたびになぜか笑いが起きるというリラックスムードではありましたが、この日は笑いが取れても肝心の句は点が取れません。句会の終盤になって《操れど無言のフィギュアクリスマス》がかろうじて髙柳さんの選に入りました。その髙柳さんも《足引き摺る乞食風花商店街》が村上さんの選に入ったのみ。そんな大人2人の句会の感想を、対談風にまとめて紹介します。

感想戦 ——「配合」の難しさとおもしろさ

一人クリスマスのみじめさをさらけ出す

——お疲れさまでした。

髙柳 案の定、（髙柳さんの句に学生からの点が）全然入らなかったですね。《足引き摺る乞食風花商店街》を村上さんに取ってもらってよかったなあと。ゼロ点だとさすがに……。あいつなんか偉そうなこと言ってるけど、作るのは大したことないぞって思われてもアレですからね。

村上 僕、〈風花〉っていう季語がすごい好きなんです。それで選んだところもあります。

髙柳 あんまり褒めてないですね。

村上 そんなことないですけど、句全体がいわゆるもの寂しい空気、雰囲気じゃないですか。そこに〈風花〉っていう、どこかに残っていた雪が少し舞い込んできた感じが寂しくもあり、雪自体が美しくもありっていう状態に緊張感があるなと思いました。

髙柳 村上さんの《操れど無言のフィギュアクリスマス》は、アニメとかのキャラクターの人形の足をこちょこちょくすぐって、何も答えてくれないけど楽しいっていう不気味さが、今日の「一人でクリスマス」系の句では突出して気持ち悪かったのでいただきました。

村上 一人でクリスマスしてる部屋をもしのぞかれたとしたら、どんなことが一番みじめかって考えたんです。そのみじめさをさらけ出したところにみんなの共感があるな、っていう風に思ったので。

髙柳　気持ち悪いところとかダメなところとかを果敢にさらけ出しちゃうのが、村上さんのいいところなんじゃないかなあ。そういう個性を持った人ってあんまりいないと思うんですよね。俗に落とし過ぎちゃうと俳句らしい格から遠ざかっちゃうので、きわどい方向ではあるんですけど、ちゃんと格が保てるバランス感覚があるんだと思います。《粉雪や激しく回る乾燥機》と《稽古場の結露す鏡雪催》の句は、ちょっと守りに入っちゃってる気はしますね。「勉強した」って感じがしちゃうのかな。

村上　おっしゃる通りだと思います。取り合わせ（配合）って宿題を考えたときに、雪って何とでも取り合わせられるし、ロマンチックになるし、ドラマチックにもなるので、逆に雪と何かをぶつけて新しさを出す、っていうのがすごく難しいなって思ったんですよね。急きょ提出する句が変わったっていう事情もあったんですけど……。

髙柳　《コンドーム持ってたんだね明の雪》ですね。

男女のショートストーリーから俳句を作る

村上　これも配合っていう宿題があったから、すごく遠いものの中から探していったときに、ちょうど聞いてた音楽の歌詞に「コンドーム」ってフレーズがあったんです。そこからショートストーリーみたいなものを作ったら、なんかこう、女性とそうなったときに、女性自身が持ってたとしたら、準備をしてたのか、昔の誰かとのものなのか分からないけど、少し「ん?」って影が宿るっていう感覚がある。そんな朝に雪が降ってると、そういう思いすら美しくなる、っていう。男女がいて雪が降ってれば、むちゃくちゃドラマチックじゃないですか。その男女に何があったかっていう独特なストーリーを付けた方がおもしろい。最初これくらいは許容されるかなと思ったけど、やっぱり出さなくてよかったですね(笑)。

髙柳　出してもよかったんですけど、やっぱりちょっと学生には引かれちゃうかなと(笑)。でも俳句としてはよくできていると思います。特に「明の」がよく効いています。「夜の」では当たり前で、「明の」だからこそドラマが生まれています。「コンドーム持ってたんだね」という生活の中の話し言葉と、〈明の雪〉という美しく雅な季語という、本来合わないものを大胆に十七音に同居させているところに、配合のおもしろさが発揮されています。村上さんは『プレバト!!』でも名人になっていらっしゃいますし、テクニックは十分身に付いていらっしゃるでしょうから、テクニックでは越えられない壁を越えていくのが今後の課題なんでしょうね。

村上　ただその感覚こそ、むちゃくちゃ難しくて。結局、何で越えられるか分からないままだからなあ。探求は努力、諦めないってことだけど、感覚自体は結局分からないままですよね。

髙柳　今日、村上さんが特選で取られた《雪の壁文具の試し書き用紙（石黒比菜）》の句評の中で、「理屈じゃないんだけどなんかひかれるものがあって取った」っておっしゃってましたよね。謎は謎のままとして受け止めて。あれ、すごく大事なところなんじゃないかと思いました。俳句って計算して作っちゃうとつまらなくなってしまって、自分の意識しないところからふっと出てきたような句がおもしろかったりするんですよ。「これ、確かに自分の句帳に書いてあるけど本当に俺が作ったのかなあ」みたいな句が意外によかったりもするので、自選するときにそういう句も勇気をもって残しておくこと。

　あとは、過去の句を見てみるといいかもしれませんね。平成にもすばらしい句は生まれているんだけど、やっぱり過去の句の方がそれぞれの個性が色濃く出ているように私は感じます。最近はテクニック的には洗練されているんですけど、それがためにむしろ無個性化しちゃってるところがあって、村上さんにはそっちの方には行ってほしくないなあという感じがします。現代版・（小林）一茶とか、現代版・（西東）三鬼みたいになってほしいですね。

コラム　選句修行 1

テーマ 「上半身の一部」

バチェラーの気分で

２０１９年10月、作句ではなく「選句」を修行しようと、ツイッターで俳句を募集しました。村上さんが、俳句の経験に関係なく「ラッキーパンチのような句も集まるように」と決めたテーマは「上半身の一部」を句の中に入れること。村上さんが選んだ「天・地・人」の3句と、それぞれのコメントを紹介します。

人　**月熟れて仄かに口のなか甘し**　奈良香里

村上　月が熟れて口の中がちょっと甘いって感じる。〃詩性〃っていうんですかね、ぱっと見たときにいいなって思っちゃって。僕は日常にある細かいことをピックアップすることが好きなんです。こういうことを書けるのっていいなって思うんです。「うわ〜、その感性きれい」って。

地　**唐黍を食ふ時鼻へ皺の寄る**　嶋田奈緒

村上　僕が昔好きだった人がトウモロコシが好きで、食べるときに確かに鼻に皺が寄っていたなって。その光景がぱっと頭の中に入ってきました。作者は「恋人のこと」とは言っていないけど、僕にとってある日の映像がクリアに浮かんだので、「ありがとう、思い出させてくれて」と思いました。そういうの好きなんですよね(笑)。個人的な思いにすごく触れた、ハートタッチングな句でした。

天　**日向ぼこ福祉の図書に背を向けて**　あいだほ

村上　何気ない日向ぼこをしているだけのお話ですけど、それが福祉の図書に背を向けていると言われることで、勝手に前後のストーリーを誰かといろいろ話し合いたくなる。のどかでもあるし、ふだんは福祉の仕事をされているのかな……。大変な日常の少しピースフルな時間が、バンッと広がるのがよかったです。さりげないんだけど、物語があるなと思いました。

担当編集との反省会

――２２８句の応募がありました。どれもうまくて、手練ればかりな印象でした。

村上　これをきっかけに俳句をやってみました、って句はほとんどなかったですよね。正直、思ってたよりもみんなやれてるからびっくりして、逆にまいったなと思っちゃいました。どれを選んでも「それ選ぶんかい」ってならないな、と思って。

――たくさんの中から選句しようとすると、どうしても「目立つ句」に目がいってしまうと思うんですが、どうやって選んでいったんですか？

村上　最初は一読して、目立つっていうよりは僕がもともと持っている何かをサササッてハートタッチングしてくれたものが気になりました。（恋愛バラエティーショーの）『バチェラー』みたいなもので、最初に気になった句はやっぱりもう一回読み返しても気になっちゃって、分からなくなってくるんですよ。

最後の方、「もうどれでもいいからくじで選ぼうかな」と思っちゃうくらい。最初にいいなと思ったけど「選ばなかったときに後で後悔するかも」とか恋心みたいになっちゃって。句会だといろんな人が選ぶから、作った句が報われる確率が高いじゃないですか。今回の場合は200句以上の中から僕が3つだけ選ぶっていう責任感が重荷になってきて、自由に選べてないんじゃないか、ちゃんと自分の意見で選べているのかな、これを選んだ僕がどう思われるか気にしてないか、とか余計なことを考えちゃって。結局いろいろ考えたら「なんか好きです」「この俳句をテーマにエッセーが書けそう」ってものを選びました。この俳句が1行目にあって、その後に続く文章が自分の中で作れそうなものを選んだな、って感覚はありますね。

――選んでいただいた3句の他に気になった句はありましたか?

村上 **《こんぺいとうの角に勝ち目や秋小寒**（蟻馬次朗）**》**は、金平糖の角がとがってることが金平糖というものの存在価値なのかよく分からなかったんですけど、いいなと思っちゃって。**《葱の汁つたう手首の甘かりき**（西藤智）**》**もよかったですね。「葱の汁つたう手首」って言われた瞬間に、ちょっとゾクッとするっていう。

気になる句はいっぱいあるんですけど、どういうことか分からなかったけどよさそうだったのは、《**涙ふく手は脳へ焼く栗ごはん**（酒井おかわり）》。よかったけど僕の知ってる光景とは結び付かなかったのが《**秋の声墨の粒子を溶かす指**（安）》。あと《**やけに黒い鎖骨のほくろ曼珠沙華**（豆田こまめ）》。季語と合ってるかピンとこないんですけど、1個のほくろをやけに黒いなって思うことってあるなって(笑)。〈曼珠沙華〉をこの人の中でどう効かせてるのかな。だいぶ特徴があるので、他の花と比べたら気になる花ではあるんですけどね。花じゃなくて、〈コート〉とか生活の季語の方がよりよくなる気がするけど、そうするとおもしろみが減るのかな。《**目も鼻もへいたんにして日記買う**（内橋可奈子）》もいいなと思ったんですけど。〈日記買う〉が季語ですよね。

――私は《**クーラーの風に釈迦めく母の顔**（凡鑽）》《**マネキンの眦《まなじり》に修羅そぞろ寒**（ゆうこりん）》が、自分では作れない感じの句なのでおもしろかったです。《**結婚線三つの人と今年酒**（多喰身・デラックス）》《**喉仏ばかり見ていた初喧**

嘩（雷紋）》は、「上半身の一部」のテーマで手相とか喉仏できたかと。

村上 「結婚線」は確かによかったですね。でも自分が上半身をテーマに決めた後に、（出演している）短歌の番組のテーマが「体の一部を入れる」になって、そのときに手相の歌を作ったから、手相で新しいって思えなかったかもしれないですね。「初喧嘩」も短歌を作ってたときに喉仏を使ってたから……。本当に、だから困っちゃったんですよ。また来月ここから選べって言われたら、全然違う3句になった可能性はあるんです。選んだときの気分と体調とで申し訳なかったなって。選ばれなかった人が劣ってるわけでは全くない、ってことは強く言いたいです。

――「人」で選んだ《**月熟れて仄かに口のなか甘し**（奈良香里）》の「月熟れて」が私はよく分からなかったんですが、これはどういう鑑賞ですか?

村上 「月熟れて」は月が熟れることはないけど、でも「満ちる」ではつまらないと思うんです。その人にとって「今日の月いいな」っていう感じを「熟れてる」って表現したと僕は感じたんです。月って毎日見ないじゃないですか。でもたまに見るとすごくきれい。月を見てるときは、僕の中ではずっと熟れてるのかなって思ってるんです。「今日の月しょぼいわ」ってあんまりないんで。そういう意味で月ってずっと熟れてるって思っちゃいますけどね。

――3句のどれを天・地・人にするかギリギリまで迷っていらっしゃいましたけど、差はどういうところだったんですか?

村上 本当に分からないです。選ぶ資格ないんです。バチェラーの気分です。今回、バチェラーだと思ってるんです、自分が。みんな好きなんですよ。もうちょっとみんなと向き合いたかったです。1回目で一人(の女性)を選んでるようなものなので、10回くらい経ないと。いいのを選ぶんじゃなくて、「ごめんなさい」っていうのを減らしていきたかったです、それで最後1位を決めるっていう。

――私の反省は、シンプルに季語をテーマにして、初心者の方が気軽に参加できるとよかったのかなと……。でもツイッターでみなさんのプロフィールを少し見ることができて、こういう人たちが連載を読んでくれてるのか、っていうことが分かってうれしかったです。

5 膝でごあいさつ

二〇一九年二月

修行先

東大俳句会

焦りながら席題２句を提出

「東大俳句会」は、関東で学生時代を過ごした若手俳人であれば一度は参加したことがあるという、東大のインカレ（他大学合同）サークルです。俳人で物理学者の故・有馬朗人さんが顧問を務めていた月に１度の「本郷句会」と、学生を主体に隔月で開かれる「駒場サブ句会」があり、今回はサブ句会におじゃますることにしました。

主に東大の１、２年生が過ごす駒場キャンパスを訪れると、幹事を務める瀬名杏香さんと青本瑞季さん、そして次期幹事の岩田奎さんの３人が迎えてくれました。いずれも高校時代、俳句甲子園をきっかけに俳句を始めたメンバーです。中でも岩田さんは開成高校の俳句部時代に２０１７年の大会に出場し、チーム優勝のみならず、個人でも《旅いつも雲に抜かれて大花野》の句で最優秀賞に輝いています。

というといかにもハードルが高そうですが、東大俳句会はとても開かれた自由なサークル。「記事で興味を持ってくださった人も歓迎です！」と瀬名さんが言うほど、他大生はもちろん、初心者・経験者問わず社会人も参加できます。「メンバーは何人くらいいるんですか？」

という質問に、青本さんも思わず「結構難しい……」。句会の日時を知らせるメーリングリストには100人ほど登録されていて、だいたい毎回10人前後が集まるとのことでした。

大学が春休み中という2月12日の夕方、参加したのは計11人。村上さんと岩田さんはテレビ番組『プレバト!!』の企画で村上さんが俳句甲子園に出場したときに顔を合わせていたそうで、それ以来の再会となりました。他に、高校生や大学生のための「十代句会」を立ち上げたり、「俳人戦士タサクタシャー」というキャラクターを作ったりと俳句の普及に努めている風見奨真さん、立教俳句会代表の橋本孝輔さん、青本さんの双子の妹・柚紀さんら個性的な面々がそろいました。社会人は俳人の岸本尚毅さんと、岸本さんと句会がしたくてわざわざ東京に転勤してきたという黒岩徳将さんが駆けつけました。

岸本さんは中学の国語の授業で芥川龍之介の《木がらしや目刺にのこる海のいろ》という句を知って、「木枯らしと、目刺の表面の青いちょっとキラキラしたものとを組み合わせたぞくっとする感じ」にひかれて俳句を始めたといいます。東大俳句会のOBでもあり、かつての学び舎を懐かしく感じているようでした。

どこからか吹奏楽のかすかな音色が届く部屋の中で、句会スタート。「春の句」5句が宿題でした。村上さんが事前に用意したのは次の通りです。（原文ママ）

風船の過ぎる窓ある喫茶店
絵にされてまだ消えそうな梅の白
春浅し社殿軋ませつつ祈禱
鞦韆《ぶらんこ》や湖掬おうとする手
春菊や汝から剝がれたつけまつげ

東大俳句会ではこの他に、当日お題を決める「席題」2句を提出します。この日は岩田さんの発案で「フルーツポンチだから果物で、『果』の字」を使った句と、青本瑞季さんが「ちょっと難しいかな?」と言いつつ歳時記で目に留まった〈芹〉を季語にした句をお題にしました。焦りながらも村上さんが約30分で作った2句は次の通りです。（原文ママ）

合格を告げて果物ナイフ持つ
買うはずのなかった芹の根の歪み

最高点は「膝」の句

宿題の5句と席題2句の合わせて7句を短冊に書いて提出し、無記名のまま清書した紙を順番に回します。特選を含む7句をそれぞれが選び、最も多い5人が選んだ句が《膝に砂春暮の貝を撮るたびに》でした。司会は幹事の瀬名さんが務めます。

瀬名　特選でお取りの孝輔さん、選評をお願いします。

橋本　貝を撮るとどうしてもかがまないといけなくて、その膝に砂が付くっていうのがすぐ分かるっていうのと、夏じゃないところがいいなと思いました。まだ貝をどうこうするっていうのじゃなくて、ただ撮るくらいで終わらせておく、っていう貝との距離感、〈春の暮〉との距離感がいいなって感じました。

柚紀　「膝に砂」と「たびに」の呼応がいいなと思って。いちいち膝をついて撮ってるんだと思うんですけど、撮っては立つたびにぽろぽろと砂がこぼれていく感じ、〈春暮〉で光も柔らかくて、砂と一緒に光もこぼれるような感じがして。「たびに」ってちょっと流してる止め方が、ぽろぽろこぼれる感じを出してるなぁと思いました。

瀬名 村上さんもお取りですが、どんな風に読みましたか？

村上 僕、ちょっと膝にはいろいろあるんで。

一同 （爆笑）

村上 ごあいさつ（※あいさつ句＝ゲストを歓迎する句）かなって思ったんですけど、にしては優しいなっていうか。貝の美しさを映像化するよりは貝を撮るっていう行為、それに砂が付いてくるっていうことに「ああ、そうだったな」って思えて、楽しいなって思いましたね。

堀下翔 「膝に砂」が描写として際立っていて。「春暮の貝」っていうのは雰囲気で、春の貝もいろいろあるので具体的な貝の名前を挙げた方がきっちりした俳句になるんじゃないの、っていう意見も当然あると思うんですけれど、その分「膝に砂」っていうのが描写としてきっちりしているので句になってるのかな、と思いました。

風見 砂浜にいる貝をいろいろ撮ってるんだと思うんですけど、そのたびに膝に砂が付いてて、そういうのを繰り返した中でこういう句ってたぶん生まれると思うんです。実感だから浜で写真を撮るのを楽しんでいる様子も鮮明に浮かんでくるし、「膝に砂」っていうのを最初に置くことで「春暮の貝を撮るたびに」っていうフレーズがすっと入ってくるところがうまいなと思いました。

瀬名　岸本さんはお取りではありませんが、いかがですか？

岸本　披講をうかがってていい句だと思ったんですけど、実はなぜ、いい句だと思ったかというと「とる」が採集の「採」だと思って聞いていました。撮影の「撮」なんですね。春の貝っていうと私、潮干狩りとか磯遊びのイメージが結構強かったので、写真に撮るという状況がややピンとこなかったんですが、みなさんのを聞いてたらやっぱりいい句ですね。

瀬名　どなたの句でしょうか。

岩田　奎です。あいさつ句です。

村上　ありがとうございます！

続いて３人の選に入ったのが７句。《芹の水濁り易くて誰かの忌（岸本尚毅）》《機上春寒《しゅんかん》ぬつと雲ぬつと雲（岸本尚毅）》《絵は海で春日の人をちりぢりに（青本柚紀）》《星に水あれあざみ野にひびく鈴（青本柚紀）》《瞼腫れふかぶかと湧く梅の空（青本瑞季）》《雪がちの二月翼果の季にとほく（堀下翔）》、そしてまたも岩田奎さんの《バレンタインデー学校は鍵だらけ》でした。

瀬名 村上さん、お取りですがいかがですか？

村上 学校は鍵だらけだなーと思ったんですよ（笑）。当たり前のことを当たり前に言うってところに詩があるのと、そこにバレンタインデーのそわそわとドキドキとっていう感覚は近いなと思って、いいなと思いました。

瑞季 村上さんがおっしゃった通り、まさに学校は鍵だらけっていうことと、鍵が閉まったままのところって人通りが少ない場所だったりすると思うんですよね。それがバレンタインデーの、堂々と渡す人もいるけどこっそり人通りの少ないところで渡す人もいるよね、っていう雰囲気とよく合ってるところがいいところだと思います。

青野友香 私、学校に鍵がいっぱいあることに思い至らなくて。自分が中高生の頃にチョコを持っていくのがダメだったので、学校の規則だらけな感じ、うるさい感じと鍵を結びつけました。

村上さんの句は《合格を告げて果物ナイフ持つ》と《春浅し社殿軋ませつつ祈禱》がそれぞれ2人、《買うはずのなかった芹の根の歪み》が1人の選に入り、意外にも席題で作った句が好評でした。

感想戦 —— 岸本さん対談・席題で思いきりよく

予定調和を崩す

——お疲れさまでした。

村上 （席題は）むちゃくちゃ焦りますね。《合格を告げて果物ナイフ持つ》はお題が「果」だったから果物ナイフだけ思い付いて、これでワンアイデアを形にしなきゃと思って焦って。でも2句とも取ってもらったので、意外とふだんならやらないようなことが思いっきりバンと行けたのかな、とは思いました。

岸本 そうですね、（席題は）自分の中の予定調和を崩すという意味ではいいですね。これは確かに、予定調和を崩した句ですもんね。合格を告げることと果物ナイフを持つことは無関係なんだけど、「お母さん合格したよ」「じゃあリンゴでもむいて食べましょうか」っていうふつうの風景でもありますからね。「持つ」がいいですよね。手のひらに持ってる人の姿まで一緒に想像できますので。「持つ」ってすごく何でもない言葉ですけど、イメージがはっきりしてくるなと思いました。

《買うはずのなかった芹の根の歪み》は、「買うはずのなかった」という言葉の使い方がおもしろいです。《春浅し社殿軋ませつつ祈禱》の「軋ませる」とか、《鞦韆や湖掬おうとする手》の「掬おうとする」とか、村上さんの句はある気配をとらえようとする感じがありますよね。即物的でありながらちょっとずらし加減があっていいですね。

――岸本さんが考える「いい句」とはどんな句なのでしょうか。

岸本　ダメな句っていうのはいろいろ言えるんですよ。気取った句は嫌いとかね。いいのはなかなか、難しいですけどね……。

村上　そうですよね、確かに。僕は「そのクエスチョンをこっちにくれたんだ」っていう句がすごく好きなんです。今日の岸本さんの《廻廊に入つて抜けて春寒し》の句とか。一日のうちにおいての気温が秒単位で変わることはないのに、確かに何かが終わった瞬間に「ああ寒いな」とか思うときってあるな、っていうことを想像させてくれますし、僕だったらもうちょっと違う風に作りたいわ、って思わせてくれて。そういうところが俳句の好きなところなんです。

岸本　答えがあんまり出てない句が私は好きなので、そういう意味では確かに村上さんの作り方はパッと分かる答えがない、ってところはすごくいいと思います。俳句って私、コミュニケーションだと思ってまして。「おなかが痛くてつらいんですよ」と言うと、相手の人は「はい」としか言いようがないんですけど、「おなかが痛いです」でやめると「それつらいでしょうね」「うん、つらいんですよ」って1回キャッチボールができるので、答えを言ってないってことはすごく私の好みですね。

――村上さんにアドバイスするとしたらどのようなことがありますか？

岸本　ちょっと微妙に荒れ球なんだけどよく考えてるな、っていう感じもするので、あんまり今のスタイルを変える必要はないと思いますし、じっくり読める句だと思います。

村上　特に植物を詠むときに難しいなと思うんですが、先代の人たちは実際に見て詠んでいたことの方が強いかなと思うんです。でも自分が見たことのないものを詠もうとするときに、写真を見たらなんとなくイメージできるんですけど、どれくらいの感じで向き合っていけばいいんですか？

岸本　今おっしゃったように、とにかく現場で実物を見るというのが正岡子規以来の近代俳句の行き方なんですけど、それ以前だと、例えば龍を絵に描くって実は架空のものなんです。円山応挙は幽霊を写生しますよね。

村上　ファンタジーですよね。

岸本　だからイメージがあんまり突拍子もないとダメでしょうけど、ある程度古典のイメージを踏まえればファンタジーもありだと思いますよ。

6　歴史と伝統の句会

二〇一九年一月

修行先

若水句会

手加減のない宿題に苦戦

年が明けて最初の句会を「初句会」と言いますが、１月22日の「若水句会」はまさに、初句会の空気に満ちていました。きちんとした服を着て、「今年もよろしくお願いします」と言葉を交わす人たち。

句会を主宰するのは、俳句結社「ホトトギス」の稲畑廣太郎さんです。正岡子規、高浜虚子にはじまり今年で創設１２２年を迎えるホトトギスの主宰で、毎月20もの句会に出席すべく、全国を飛び回っています。若水句会もそんな稲畑さんの指導句会の一つ。当日は村上さん以外に50～80代のベテラン20人が集まりました。

２００１年９月に始まり、今回で２１２回を数える若水句会ですが、ゲストの参加は初めてとのこと。宿題で出された季語（＝兼題）も、寒さを避けて暖かい地方におもむく〈避寒〉、いい香りのする小さな黄色い花〈臘梅《ろうばい》〉、〈ラグビー〉とややマイナーな（？）印象で、手加減がありません。「今回は難しかったですね」という村上さんの提出句は次の通りでした。（原文ママ）

臘梅や時差ボケの夜のフィロソフィ
タイ緩めつつＯＢのラガー来る
傷はまだ熱く敗者のラガー去る
避寒して村の目印おばけ岩
避寒地のパンクのままの一輪車
臘梅や綻んでいく茶葉の黙《もだ》
避寒宿鏡台に変色の跡

持ち寄った7句をそれぞれ短冊に写し、全員分を交ぜて紙に清書します。紙に書かれた無記名の句を見ながら、特選1句を含む7句を選ぶところから句会がスタート。その後、参加者が選んだ句を発表していき、自分の句が読み上げられたら名乗ります。

君が居るだけで心は避寒かな　稲畑廣太郎
表戸の軽く開きたる避寒宿　小町谷滋子
トライするラガー大地を傾けて　相澤富子

これらの句が5～8名の選に入り人気でしたが、村上さんの句も《タイ緩めつつOBのラガー来る》（2人）、《朧梅や時差ボケの夜のフィロソフィ》《避寒地のパンクのままの一輪車》《朧梅や綻んでいく茶葉の黙》《避寒宿鏡台に変色の跡》（各1人）が選ばれ好調です。

3句が入選、1句が準特選、そして…

若水句会では最後に、稲畑さんの「選」「準特選」「特選」「特特選」が順に発表されます。こちらも「フィロソフィ」「茶葉の黙」「変色の跡」の3句が入選。《傷はまだ熱く敗者のラガー去る》はなんと、準特選に。そしてここから、さらなる快進撃が始まります。

特選6句が読み上げられると、《らふばいを大地てふ瓶投げ入れし（安本登喜子）》《昃《ひかげ》りて朧梅の香の重くなる（相澤富子）》《果てしなく枕に沈む避寒宿（中田祐子）》《波音の早くものたり避寒宿（中田祐子）》《らふばいに夕空の色加はりて（安本登喜子）》という秀句の中に《タイ緩めつつOBのラガー来る》が入りました。

稲畑 これはラグビーの「動」じゃなくて「静」を詠んでいますね。しかもOBが後輩を激励しに試合を見にきたと思うんですけど、「タイを緩めながら」というしぐさによって何が見えるかって言うと、ラグビーをしてた人のがっしりとした首の太さ。苦しくてつい、緩めたという雰囲気もあってね。試合じゃなくて応援でもないラグビーを詠んだのは今日、この句だけでしょ。これはおもしろい視点かなと思いましたね。

そしてただ一人の特特選で読み上げられたのは、《避寒地のパンクのままの一輪車》。「健志」と名乗ると、会場から思わず拍手がわき起こりました。

稲畑 この句はすごくいろんなことが想像できてね。たぶん、お子さんが小さい頃に避寒地の別荘でずっと一輪車の練習をしているんです。乗れるようになったのか、乗れなかったのかは分かりません。それがどんどん年月がたってきて、お子さんが成長して、ひょっとしてお嬢さんで結婚してお嫁に行っちゃったかもしれない。でもその一輪車だけは避寒地にある。それで親御さんとか他のご家族は毎年別荘に来るんですよ。他の人は誰も乗れへん。そういう一輪車がパンクしたままなんです。こういうところを見ていらっしゃる。村上さんは短歌もなさるということで、しみじみとした詩心があってね、情景をうまいこと写生されてるなと思いました。

村上 すいません、ありがとうございました。選んでいただいてよかったんですけども、今回の〈避寒〉も〈臘梅〉も〈ラグビー〉も僕、一度も作ったことがなくて。臘梅は知りもしなかったという感じで、花屋さんで買ってイメージをわかせて作って。避寒もラグビーもなじみがなかったんですけど、逆にそれでいっぱい想像したり、調べていく中で俳句を作ったので楽しかったです。

稲畑 想像であそこまで作れるのはやっぱり詩心ですね。すばらしいです。だからこそラグビーなんかで、違う見方をされた。トライしているところじゃなくてＯＢが来た、という発想がいいなと思いましたね。

参加者 特特選の「パンクのままの一輪車」は実際にご覧になった?

村上 いや、一輪車自体がたまに、全然使われてないんだろうなっていう古い感じで家の駐車場に置いてあるのを見かけると、僕はちょっとそれに哀愁みたいなものを感じるので、避寒地という日常じゃないところにもあったら、余計そうなのかなっていうイメージです。

参加者 私はどっちかっていうと村上さんは短歌の方がいいな、と思っていつも拝見してます（笑）。短歌と俳句の調整はどうやってしていますか。

村上　僕もあんまりそこまではっきり調節してないんですけど、もともと短歌から入ったので、どっちかっていうと短歌的なショートストーリーっぽいものを作って、その中の一部分を描写するんです。俳句だと「季語」と「切れ」ってことを考えるようにはしてます。

参加者　俳句を作ってるときに、（短歌の）「七七」が足りないと思ったことはありますか？

村上　それはいつも思ってます。それが俳句の場合は季語で省略されてるかな、と思ってます。

稲畑　そこまで分かってらっしゃるっていうのはちょっとすごい。私もパッと感じたのは、短歌ありきやったかもしれません。短歌あってこその省略。ちょっと今日は反対に勉強させていただきましたね。

次回のお題の一つは特特選の人が決める、ということで〈春菊〉という宿題を置き土産に句会場を後にしました。

感想戦　――　稲畑さん対談・視点の違いで一石を投じる

7句中6句が主宰の選に

――お疲れさまでした。ゲストに配慮したような結果になりましたね（笑）。

稲畑　全く（配慮は）ないですよね。私、披講してる間に丸付けたわけじゃなくて、披講する前ですから、全然知ってて付けたわけじゃない（笑）。いや、すばらしかったです。

村上　びっくりしました。（出句した7句中）6句選ばれたっぽいですね。

稲畑　（選んでいない）《避寒して村の目印おばけ岩》の句もおもしろいなと思ったんですけどね。

――どこが特によかったのでしょうか。

稲畑　とにかく視点がちょっと違う。それに尽きますね。さっき言ったように、ラグビーのOBの句や特特選の避寒地の句がそうですよね。《臘梅や綻んでいく茶葉の黙《もだ》》は、「黙」なんて言葉を使っていて、もっと練れてる人かなと思いました。「綻んでいく」より「綻んでゆく」の方がひょっとしたらいいかもしれない。「ゆく」の方がちょっと重厚になるんですね、言葉として。《避寒宿鏡台に変色の跡》は何ていうか、ゆがんだ視点がありますね。《傷はまだ熱く敗者のラガー去る》は傷がまだ熱を持ってるっていうのがおもしろい発想だなと思って。今日は「臘梅が溶ける」っていう句がたくさんあったでしょ。

でもこれからの俳句というのはもうちょっと視点を変えていきたいですよね。今日の村上さんのお句というのは、みなさまにも刺激があったような気がしますよ。

――村上さんは兼題が難しくて朧梅を買ったとおっしゃっていましたけど、〈避寒〉もなかなかなじみがなかったと思います。どうやってイメージしたんでしょうか。

村上　〈避寒〉は、寒さを避けてどこかに行くことがかつてあったんだ、しかも今だったらハワイとかあるんでしょうけど、国内だと沖縄以外でそこまで暖かいところなんかない。それでも昔はとんでもない寒さがあったんだっていう歴史を感じましたね。現代には避寒するという行為があまりないじゃないですか。でもそのイメージを残しつつ、旅行とも移住とも違うニュアンスみたいなものがあるんだろうな、っていうところと合う言葉を選びました。

稲畑　確かにそうですね。〈避暑〉の方がどちらかというとかなり違う場所に行くというイメージがあって、〈避寒〉はあんまり変わるようなところじゃないですけどもね。確かにそういう感じが俳句からも出てたんで、私もこういう発想にすごく共感したんでしょうね。

――村上さんは今月、冬休みがあったそうですが、避寒はしなかったんですか。

村上　僕はカナダに行ってたんで、めちゃめちゃ寒いところにいました。でも《朧梅や時差ボケの夜のフィロソフィ》の句はそのときの本当の時差ボケです。時差ボケすると真夜中でも2時間おきくらいに起きるんで、別に考えることないけど考えてる、っていうあの時間から発想しました。そこに〈臘梅〉っていう季語を合わせて。勉強したら臘梅は「香り」と「透ける」っていうのが特徴的だってなってたんですけど、みなさんのようにそこを真正面に詠んで勝負する勇気がなかったんですよね。

稲畑　それで今日は成功されてますよ。みなさん臘梅を想像すると、俳句の常套的な見方になってくるんですね。そういった点ではすごく一石を投じたと思いますね。

村上　僕も全然詳しくない中で参加させてもらって、いわゆる俳句に対しての王道の会で受け入れられるのかな、と思ったら選んでいただいて、すごくうれしかったです。

稲畑　村上さんは全然難しい言葉を使っていらっしゃらない。俳句は言葉として平明がいいんですね。行き着くところは平明で、余韻のあるというのが一番なんです。だからどんどん、のびのびと作っていただくのがいい。

村上　よかったです。緊張したので、今日。

——ホトトギスにスカウトしなくていいんですか。

稲畑　スカウトどころかぜひ来てください。インターネットで申し込みできますから。お待ちいたしております（笑）。

7 神保町バーでノンアル

二〇一九年三月

修行先

火の会

俳人が集うバー・銀漢亭

古本屋や書店が軒を連ね、「本の町」として知られる東京・神保町。その裏路地に、俳句の愛好家が集い、夜な夜な句会が開かれているバーがあります。

「銀漢亭」というそのバーを仕切るのは、店主の伊藤伊那男さん。「銀漢＝天の川」の名の通り、１９４９年７月７日生まれで、結社「銀漢」の主宰でもあります。最新の句集『然々と』では第58回俳人協会賞を受賞。俳句で大切にしているのは、見たものを正確に写生して感動を伝えることと語ります。

「見たものが目から体の中に入り、体の中を駆け巡って五七五という文字になる。その間に嫌でもその人の主観が入るから、余分な心情は加えないで、写生に徹します」

俳句は「仕事以外に自分を表現できるものがほしい」と会社員をしていた33歳で始めたと言います。激動のバブル期を過ごし、一時は４０００億円の負債を抱える会社の社長を任されたこともありましたが、それらを整理してから２００３年に銀漢亭をオープン（※現在は閉店）。当初は俳人が集まる場所にするつもりはなく、「俳句の仲間が2割、街のお客さんが8割」だったそうですが、誘い合って俳句を始める人が増えて、今では数字が逆転しているとのこと。お店のカレンダーにはびっしりと、句会の予定が書き込まれています。

村上さんと3月12日の夜に訪れたのは、そんな句会のうちの一つ「火の会」。10年以上前に「たまたま飲みに来た人が始めた」という句会です。気軽に誘ってもらったものの、当日おじゃましてみると伊藤さんはもとより「橘」主宰の佐怒賀直美さん、「天為」編集長の天野小石さん、「街」編集長の竹内宗一郎さんら、結社に所属していたり句集を出していたりするベテラン俳人ばかり。「やばい、やばい」とつぶやきつつ、村上さんも宿題の句を提出しました。

お題は、関西でよく知られる魚の〈いかなご〉、春になっても出しっぱなしの〈春炬燵〉、「局」の字、そして「すじ（すぢ）」という音のいずれかが入っている7句でした。村上さんの句は次の通り。（原文ママ）

いかなごの釘煮香らぬ独身寮
履歴書は空欄のまま春炬燵

CMをまたぐ告白春炬燵
春炬燵夫《つま》の忘れたスマートフォン
春の雲郵便局へあと十歩
劣勢の角筋にひとひらの花
春の暮スジ肉煮込むとろ火かな

俳句をつまみに酒が進む

ふだんは10人前後の会ですが、集まったのは伊藤さん、村上さんを含めて15人。おのおの持参の句を提出すると、早くもみなさん、ビールを飲み始めます。村上さんと出身地について語る人、「（毒舌先生として活躍する俳人）夏井いつきさんよりも厳しいこと言っちゃうかもしれないよ？」と絡む人、「一句も選に入らなくても大丈夫」と早くもなぐさめる人、「どっかで見たことある顔だと思ったら、フルポン村上か！」と遠慮のない人。句会の後、次の仕事が控えていたノンアルコールの村上さんはときどき、苦笑いを浮かべています。

ビールに続き、2杯目の焼酎を飲む人も現れて、なんだか心配になってきたところで締め切りの午後7時。15人が7句ずつ提出した句を3人が手分けして一気に紙に清書し、コピーして配り選句が始まります。するとさきほどまでのおしゃべりがピタリと止まり、店内に流れていた音楽も止んで、急に無音に。20分間で集中して１０５句を読み、特選1句を含む7句を選びます。最多の5点を集めたのは太田うさぎさんの句でした。

蛤が口開く御堂筋の夜　**太田うさぎ**

峯尾文世　これが京都だったら絶対取らない。ちょっと情が強くなっちゃうので。「筋」っていう詠み込みを無理なく使ってるし、料理のことを具体的に言わなくても、火も出てくるしにおいも出てくるのがよかったと思います。

伊藤　どーんと海につながってるような感じがありますね。

佐怒賀　御堂筋がおもしろいのと、シジミとか小さい貝じゃなくて蛤の大きさがいいですよね。量感、質感が御堂筋にぴたっと来てる気がしておもしろいなあと思いました。

続く3点句は《古書店のレジの後ろの春炬燵（小川洋）》《蝶来る局所麻酔の効きしごと（竹内宗一郎）》《土筆野に基地局建ててそれつきり（大塚凱）》《牛筋を煮込む春昼眠くなる

（寺澤一雄）》など9句。そのうちの2句は、村上さんの《春の雲郵便局へあと十歩》と《CMをまたぐ告白春炬燵》でした。

大塚　（郵便局の句は）最初明るい句かと思ったんですけど、よく考えたら「あと十歩」っていう、歩けない句なんですよね。って考えると、ちょっと味わいが深くなる。

「膝痛めてるのね」
「これ、たぶん（膝の）お皿が割れてるな」
「松葉杖感」
「ゆうちょに行かないといけないんですよ。ゆっくりでも行かないといけないっていう」

時計の針が進むと、お酒も進む。だんだん発言が自由になり、豪快な笑いも響きます。ただし合評は真剣そのもの。《CMをまたぐ告白春炬燵》の句は、読み方が分かれました。

宇志やまと　結婚の告白なのか好きだって告白なのか分からないけど、一気に言えない。間にCMを入れないと落ち着いて言えないっていうのが〈春炬燵〉の雰囲気とすごく合ってて、植物男性系の詠んだおもしろい句かなと。

佐怒賀 すごい現実感のある句で、〈春炬燵〉が効いてるんじゃないですかね。ちょっと浮かれて、ほろっと出ちゃったみたいな感じがね。

太田 私はちょっと勘違いしていて、バラエティー番組とかってバチャーンと（告白を）やって、ちょっと気をもたせてＣＭが入って、またその続きをやったりするじゃないですか。そういう番組を春炬燵で見てるっていう。

句を詠んでいる本人が告白しているのか、告白するテレビ番組を春炬燵で見ているのか。どちらにも読めますが、「本人が告白していると読んだ方がおもしろい」という意見がやや勝っている印象でした。

その後、村上さんの句は《履歴書は空欄のまま春炬燵》に2点、《劣勢の角筋にひとひらの花》に1点が入って、提出した7句中4句に点が入りました。

点が入ったすべての句評を終えると、あっという間に2時間がたち、参加者は待ってましたとばかりに宴会開始。伊藤さん手作りのブリ大根にわかめの酢の物、お椀などが次々と運ばれ、日本酒の瓶が開きます。いつまでも続きそうな宴に後ろ髪を引かれつつ、次の仕事に向かった村上さんでした。

感想戦 ── 俳句はエンターテインメント

サービス精神と遊び心で

――お疲れさまでした。最終的に4句も選に入りましたね。

今回は〈春炬燵〉以外のお題が難しかったんですけどね。〈いかなご〉は地方性のある食材でもあるし、全く知らなかったので、いかなごの句に関してはかなり浅いところに行ったな、と自分でも思います。

――《CMをまたぐ告白春炬燵》の句は2人の特選で好評でした。実際にCMをまたいで告白したことがあるんですか?

これは最近テレビ番組の企画で、僕が実際に番組の中で告白したらそれが単純にCMをまたいだんですよ（笑）。そこからのイメージです。句会では読みが分かれましたけど、どっちでもいいんです。〈春炬燵〉には冬の炬燵より少し怠けているという感じがあって、その中でテレビを見るというのも、一緒の炬燵に入るくらいの関係ではあるんだろうなと。告白に至るまでの間って、詩があるじゃないですか。「CMをまたぐ」っていうのが、ちょうどいい間かなって思ったんです。この句に関しては、ちょっとだけ他の人が見つけにくいワードは入れられたかな。でも今回の句会の印象として、みんなおもしろいことやってるなと思いましたね。

――小川洋さんの《ａｍａｚｏｎに探すい

かなご用魚醤》、竹内宗一郎さんの《丹念に春画見てゐる春炬燵》など、ベテランぞろいでしたが遊び心のある句が多かったですね。一句の中に「局」も「筋」も「春炬燵」も入れて「努力賞」と言われた佐怒賀直美さんの《終局の手筋読まるる春炬燵》という句もありました。

みんなサービス精神が旺盛だなって。ああいうのはいいなって思うんですよね。作品としての完成度を高めるだけじゃなくて、話題性のあるものを持ってこようとする、っていうその遊び心はすごくいいなと思うし。

僕も句会に参加してきて、最初は「恥かいたらどうしよう」っていうのがあったんですよ。「こいつ目立とうとしてんじゃん」とか「変なことやりに来てんじゃん」とか思われたらどうしよう、って。でもそうやって無個性化していくよりは、いろいろやった方がいい。年上の方たちが好き勝手やってるし、全然いいんだなっていう。意外とみんな怖くないんだなっていう気付きはありましたね。

――バーでの句会、雰囲気も違いました。

句会ってどうしても堅苦しいとか、高尚であるとか、お勉強みたいなイメージを持つ方もいるじゃないですか。本当はゴルフを趣味でやってるのと同じで、楽しいからやってるわけですよね。それを如実に感じたし、だからって適当にやってるんじゃなくて真剣なんです。お酒の席で、持ってきた句についてああでもない、こうでもないって屈託なく言えるのは、俳句を通していい人間関係ができてて、すごくいいなって思いました。僕らも、芸人が集まったところでいちいち会議室を取ってお笑いのことを語るわけじゃないので。飲みの席で「こういうボケ考えてるんですけど、どうですか」「こうした方がいいんじゃない」って笑い合うことがあるから、それに近いなっていう風に思いましたね。

　俳句は日々勉強中なんですけど、お勉強ではなく、楽しむエンターテインメントなんだよ、というのが結局は大事かなと。大笑いできるわけじゃないし、みんなに褒めてもらえるわけじゃないと思うんです。いい俳句作れるからってコンパでモテるわけではないけど、俳句を介してあれだけの人が楽しそうにしてたら、付随するプラスはあるだろうなと思いました。そういう感覚でやった方がよりいい句を持っていこう、っていうモチベーションにもなりますね。

二〇一九年四月

8 リアルな葛藤の追求

修行先

俳句一家「屁派」

歌舞伎町で生まれた一家

「すっぴん」カフェ、ロボットレストラン、無料案内所――。あやしげな光を放つ東京・新宿の歌舞伎町をずんずん歩いていくと、現れたのはそこだけ闇の濃い一角。「新宿センター街　思い出の抜け道」という看板が掲げられた横道を入ると、戦後のバラックのような、屋根の低いお店がひしめき合って並んでいました。その中の一つ、「砂の城」の貼り紙がある建物が、今回の句会場です。

入り口から延びているのは、人ひとりがギリギリ歩ける幅の真っ赤な急階段。足を踏み外さないようにそろそろ上っていくと、10畳くらいのスペースにバーカウンター、その向こうに城主・北大路翼さんの姿がありました。北大路さんこそ、歌舞伎町を根城とする俳句一家「屍派」の家元。「砂の城」は現代美術家の会田誠さんが主宰するアートサロンだったところを、北大路さんが受け継いだそうです。

小学生の頃から「酒を飲んで暴れるダメな大人に憧れていた」という北大路さん。

「とにかく世の中がバカで、こんなバカと一緒にいてもおもしろくない。ずっと死にたい、死にたいって言ってたんです」

そんなとき、種田山頭火の《さくらまんかいにして刑務所》という句に出合い、ぴたっと来たと言います。

「生き方に憧れてたからね。破綻した人間、本当の〝廃人〟のアクセサリーとして俳句がいいと思って始めたんです」

山頭火をまねて、毎日書く日記の最後に自由律の句を書き留めていましたが、高校の担任が俳人の今井聖さんになり、有季定型の俳句に目覚めます。

「そこで初めて歳時記を買ったらすべてがおもしろくて。僕、辞書とか図鑑マニアだから、花の名前も和名があって、いろんな言い方があるのを知ったらもう、うれしかったですね」

それから今に至るまで、仕事中もお酒を飲んでいても寝ていても、北大路さんは24時間ずっと俳句を作り続けていると言います。家元を務める「屍派」は、歌舞伎町で作家の石丸元章さんと出会い、俳句をコマ劇場なき後の新名物にするべくイベントを始めたのが原点。結社のように雑誌を出していなければ決まりもなく、基本的に実体はないとのことですが、主に「人間関係の葛藤のようなもの」をテーマに、北大路さんの気の向いたときに句会を開いています。

メンバーには〝本物の〟C-C-Bも

「予定を立てるのが大嫌い」と言われてドキドキしていた4月25日午後8時、約束の日時に村上さんと訪れると、句会のメンバーを集めてくれていました。紹介された通りに書くと、北大路さん、村上さん以外の参加者は次の8人です。

・句会を仕切っている木内龍《たつる》さん・ゆり子さん夫妻
・インドと日本を行き来しているゆかりさん
・パンツを買い替えたばかりのゆーきさん
・「おそうぢくん」と呼ばれている本名・そうぢさん
・糖尿病のおさじさん
・見た目は女性だけど男性で、アメリカ生活が長く日本語が特殊なこゆきさん
・C-C-Bの関口さん

句会はバーからさらに1階上がった部屋で開かれます。人ひとり分の幅の階段なのに、酒

の瓶などが無造作に置いてあり、また上るのに一苦労。絨毯敷きで10人も入ればいっぱいのスペースで車座になり、句会が始まりました。屍派は今までの句会とは違い、事前の宿題がありません。その場でお題を出して、5～15分で句を作り、できたら短冊に書いて「壺」（といっても日本酒の箱）にどんどん入れていきます。

「ネタの出し合いだから、（推敲を重ねて句が）できる前に見せてみんなで直していく。句会は練習の場だと思ってるから、完成を求めてないんですよ」と北大路さん。大事なのは、即席の句に対するリアクションをみんなで楽しむことです。

「あなたがなんか題出して」と筆者に振られて、「倒の字を入れた句」をお題としました。理由は「この建物が今にも倒れそうだから」と言うと、（砂の城だから）「〝崩れる〟だろ」と突っ込まれつつ、「倒」の字題で句作がスタート。初参加の村上さんがいるので長めの15分、時間を取りました。静けさとたばこの煙が部屋に充満していく中、おもむろに口を開いたのは関口さんでした。

関口 本当のC-C-Bなんで。にせものじゃないんで。予想では俺、「本物ですか?」って村上さんが反応してくれると思ったんだよ。今まで一向になんのリアクションもないから、「だから何だ」っていう風に思われてるのかなって。

村上　すいません！　いや、本物かなって思いましたよ。

こゆき　初めて会ったとき、絶対にせものだと思ったよ。C-C-Bって言われたから、そういうあだ名のオッサンなのかと思って。

関口　俺はそれは別になんとも思わなかったけど、村上さんの今日のリアクションのなさはあまりにもつらくて、耐えきれなくって言っちゃった。

「Ｒｏｍａｎｔｉｃが止まらない」のヒット曲で知られる本物のC-C-B・関口さんは現在、主にアーティストに楽曲を提供しているとのこと。偶然「砂の城」で飲んでいたときに句会が開かれていることを知って、「季語を全く無視していいって言うから、何を書いても許されると思って」参加するようになったそうです。

第1ラウンド開始！　お題は「倒」

締め切りの時間がきて、壺に集まった作品すべてを木内龍さんが読み上げていきます。無記名の句に対し、容赦のない意見が飛び交います。

※ここでは作者を記名しています

倒立で暇を潰すや夏隣　ゆーき

北大路　池谷（幸雄）みたいなヤツだな。なんとなく夏に向けてさらに鍛えてる感じはある。でも芸人の控室ってこんな感じじゃない？　なかやまきんに君とかしてそう。

村上　人によって鍛えてる人もいればゲームの人もいるし。そういう中の一つとしては確かにありかも。

関口　ワッキーさんとかしてそうですよね。

村上　鍛えてる人は結構いるかもしれないですね。倒立はなかなかいないですけど。

龍　でも倒立で暇を潰す、って言葉を見つけたのはすごいな。

北大路　さすが、パンツ替えたて。

倒置法をやたらと使ふ新社員　ゆかり

一同　（笑）

北大路　デブの女かな。人の前に絶対出てこないんだよな。遠近法か、デブは。

ゆかり　倒置法は「これは句会だ、屍派の」みたいな。

北大路　「昨日やっちゃった、社長と」みたいな。

龍　そうやって私ってすごい人なんだよ、っていう感じを出したい人なんだね。でも新社員はうまいかもしれないな。季節とも合ってるし。とにかく新社員ってだいたい9割くらいイラッとくるんだよ。それをこの人は「倒置法を嫌だ」と思った、っていうのはよく分かる。

俳句部が入学式で皆倒れ　北大路翼

龍　俳句部が新歓コンパみたいなので新入生にめっちゃ飲ませて……。

北大路　ひ弱なんだよ。

村上　大学生ってことですか？　高校生の部活じゃ……？

北大路　「部」だからね。貧血の俳句甲子園です。夏井いつきさんに怒られちゃうな、これ。

春の闇倒れたままのビール瓶　村上健志

北大路 うまいだけだな。うまいけど、だからどうしたのって感じ。

こゆき ビールにはあまり闇を感じないかな。（高級シャンパンの）アルマンドとか、そっちの方がまだ闇を抱えてると思う。

北大路 〈春の闇〉じゃなくて〈父の日〉とかいいかも。

龍 父の日や倒れたままのビール瓶（笑）。

北大路 〈こどもの日〉とか〈昭和の日〉がいいんじゃない？　切なさもある。村上さん、まじめなんだよ。70点だな、これは。

村上 おもしろみがないですね。

北大路 芸人だからね、笑いも大事にしてほしい。

背もたれを倒すレバーに春の指　村上健志

一同 あ〜。

北大路 これ、最後変えたいね。「背もたれを倒すレバー」まで最高によくて１００点なのに、下五がマイナス２００点くらいあるよね。〈春の昼〉とか〈春の旅〉がいいんじゃない？　どっか行ってる感じがして。

村上　これ僕です。思い付かなくて。

北大路　今日は特別に自分の句を説明してもいいよ。守ってあげないと。他人の句と思わせといて、褒めてもいいし。

倒立の爪先に来る紋白蝶　北大路翼

※短冊では「蝶」→「鳥」

龍　仙人ぽい。『ドラゴンボール』でありそうだよね、そういう瞬間。

関口　蝶が止まるくらい揺れないんだからね。内村航平並みのね。

龍　ただ「蝶」の字が「鳥」になってるのが俺は気になる。

北大路　ひどいね。

龍　この漢字書けない人は誰？

北大路　すいません。

新小岩駅にも転倒防止柵　木内龍

一同　お〜！

北大路　転落防止柵じゃないの。そんなのないだろ。

村上　そうですよね、転倒は個人の問題ですよね。

ゆかり　でも新小岩駅を馬鹿にしてる感じがいい。

北大路　本当は池袋とか、盲学校があるところに最初に作るんだよね。高田馬場が早かったのは盲学校があるからなんだよ。ちゃんと意味があるんだよね。

倒れてなおまだ生きてると東スポに　　関口

一同　（爆笑）

こゆき　ナベツネでしょ、これ！

関口　C-C-Bのことでした〜。

倒産の学習塾や朧月　　村上健志

北大路　これいいね。もうちょっと明るい季語にしてもいいときもあるけど、これはこれで全然あっていい。

こゆき 〈花満開〉だとどう?

龍 塾長がね、持ち逃げしてパチンコやっちゃったとかさ(笑)。

北大路 これリアルですね。倒産の学習塾って、今子どもが減ってるしね。これはすごくいい句です。僕たちは現代の世の中を詠むっていうのが一つのテーマなんで、こういう句はやっぱり絶賛したいですね。

村上 これ僕です。やりました!

北大路 屄派確定です。来月いつだっけ? (笑)

他に、村上さんが出した句は次の通りでした。

倒れずにK・Oされる春嵐

倒木の穴を覗けば初夏の風

第2ラウンドは「フルーツっぽい句」

「倒」を字題とした句会に続き、フルーツポンチにちなんで「フルーツっぽい句」をお題にした句会を開くことになりました。若干予想されたことではありましたが、下ネタ祭りになったので、それを除いた句を厳選して紹介します。

死刑囚最後のもとむは夏みかん　こゆき

北大路　松山ディスだね。「最後にもとむ夏みかん」で「は」はいらないかな。松山の人は夏ミカン食いたくなるのかな。

関口　刑務所って甘いものがないから。

こゆき　最後にふるさとのものが食べたくなるとか、そういう感じ。

北大路　女の人の感じもするね。

いちご狩りパンフレットの他人かな　村上健志

北大路　なんかおもしろくなりそうだけどね。

こゆき　義理の父とか?

龍　笑顔が決まりすぎてて、明らかにこれはモデルのカップルだなって思っちゃう、つまり他人って想像しちゃう。

北大路　「モデルかな」でいいんじゃない。

村上　これは僕です。他人だとちょっと言い過ぎですよね。

高い水レモンが入つているだけの　ゆかり

一同　お〜！

龍　これいいね。俺は好きだよ。1杯800円の水ね。

北大路　いい句だけど、ナチュラルウォーターとかが今の俳壇のはやりで、あの辺を新しい素材として詠みたがる傾向があるから要注意。

青林檎昨日作つたやうなカフェ　ゆかり

北大路　いいじゃん。青林檎は店の名前かもしれないし、そこで働いてる子、「青林檎で〜す」って超足が細い田舎の女が出てきたりさ。

龍　店長も未経験で、とりあえず暇だからカフェ作りました、みたいな。オペレーションも超慣れてなくて、コーヒーもまずくて。

関口 町田あたりでね。

北大路 2階が雀荘みたいな（笑）。新興住宅地の雰囲気があるよね。

葬列がフルーツパフェにのびている　**そうぎ**

北大路 これシュールだね、おもろいね。

ゆかり 寺山修司的な。

北大路 「フルーツポンチにのびている」でいいんじゃない。今日お客さん来てるなと思ったら葬列だった、っていう（笑）。

村上 すいません、ちょっと。

たまに種あるからイラっとしたる柿　**木内ゆり子**

北大路 正岡子規とかはこういう句好きだと思うな。怒ってないんだけどうれしさもあって、っていう。こういう〈柿〉の使い方も愛があっていいな。「イラっとする」っていうのはちょっと言葉として俗っぽいけど、内容としては「種ありてもうれし」みたいな感じが。柿がありがたかった時代も感じさせて、これは柿に対する愛が非常に感じられていいんじゃない。昔は種が当たり前だけど、今は種がないこともあるしね。

村上 種がないことが主流ですもんね。

北大路 それに対する批判も入ってるし、いいんじゃないかな。

パイナップルアレルギーちょっとバカにされ　**木内ゆり子**

村上 僕、これいいなと思うんですけど。パイナップルアレルギーをちょっと自慢してる感覚が。現代でいうと、ちょっとだけ不幸なことは自慢になるのが主流かなって。僕もかゆくなるんで、ちょっと鼻高々っていうか。

龍 選ばれしアレルギーだぜって。

村上 花粉症もちょっと自慢ぎみなのあるじゃないですか。

龍 花粉症じゃない人ってマウンティングされたって思うらしくて。「パイナップルアレルギーちょっと自慢され」。全然自慢してる意図はないんだけど、なんかムカつくっていう、その感じね。

北大路　パイナップルって俳句にあんまりないけど、素材としてはおもしろいよね。いくらでもネタになる気がする。今のうちに我々でパイナップルを詠みつくそう。

オレンジの検索画像ことごとく光る　村上健志

北大路　オレンジっていうのは、読売巨人軍に対するあれですか。俺は嫌がらせだと思いますけどね。

龍　きっと読売のことでしょう。

村上　これ僕です。検索画像って基本的に美しく見えるようにシャッターで光らせてる、っていうだけの。

東京で売られるために間引いた実　おさじ

龍　確かに、東京で売られるためっていうのが商業的ですごいね。ブドウとかもあの房を作るのにめっちゃ間引くから。

こゆき　グラビアアイドルっぽい。

関口　昔の人買いとか女衒《ぜげん》とか。

龍　「東京で」っていうのがまたいいよね。まさに人買いとか出稼ぎとか。悪者感がいい。

おさじ　メロン想定です。メロン漬けっていうのがあるんですよ。間引いた小さい実を漬けものにするの。

北大路　ウリだからね。みそ漬けにしてもおいしいんだよ。メロンの皮とかね。

チェリーという名曲かいたスピッツにくし　**関口**

一同　（爆笑）

北大路　おいおい、C-C-Bだろこれ。ロマンチックこら。

龍　エネルギーがあってすばらしい。

北大路　ちゃんと仕事しろ。

放言、下ネタ、爆笑、ときどきまじめな句評が飛び交った句会が終わり、おのおのが下のバーに戻っていくと、部屋には嵐が過ぎ去ったような静けさが――。C-C-B・関口さんに「疲れ切ったでしょう?・」と声をかけられ、「そうですね……」とつぶやいた村上さんでした。

感想戦――北大路さん対談・季語で展開を裏切る

さまざまな雑念の中で

――お疲れさまでした。

北大路　本当はこれから何がやりたいの？　俳句でもっと文芸寄りになりたいの？　お笑い嫌いでしょ。

村上　全然そんなことないですよ！　お笑いが大好きでしょうがないんですけど。仕事なんですから。

北大路　俺は俳句嫌いとか言っちゃうけどね。村上さん器用だからな。器用な人はあんまりうまくいっちゃって、やっぱ句がしらけてる。

村上　そんなことないですよ、僕。器用に見えてるだけで、全く器用じゃないですよ。

――今回はその場でお題が出されて、時間制限があって、何句出してもいいという、今まではかなり違う句会でした。

村上　もう、どうしようかなっていうだけですよね（笑）。焦るっていうか、どうしようかなっていうのと、たぶん、いわゆる俳句っぽい風景を詠むのとは違うだろうなと。いろんな雑念の中でやってました。とりあえず最初の一句を「倒」で使えそうな言葉は何かな、例えば倒産が出てきた。倒産してるのだったら何がおもしろいかな。ふつうの会社より学習塾の方がおもしろいかな、とかそういう感覚で作っていって、そこに季語は無理やり足した感じにはなりました。

偶然性を信じる？　信じない？

――屍派の俳句は、季語というより、その中に生きている人が主役ですよね。だから季語があってもいいしなくてもいい。

村上　季語が主役という、いわゆるクラシックな流れじゃなく、人ですよね。ただみなさんの批評を聞いてると、意外と季語に対する意見があるから、より難しいなと。

北大路　季語じゃなくて季感ね。季節感なんです。季感は何をやっても出てくるんです。季語の付け方で補足をすると、（上五、中七の）12文字使った後で何を付けるかっていうと、状況を付け加えるための付け方と、心情として抽象的な比喩のイメージがある付け方と、全く違うものを付けてイメージを変えるための付け方の3パターンあると思うんです。村上さんの場合器用すぎるから、3つを全部入れようとしちゃう。たぶん商売的に、人に分かってもらわなきゃいけない、お笑いも。説明をしなきゃいけないっていう宿命があって、非常に丁寧なんですよ。それがいいとする人たちもいるんです。今までやってきたところは季語が主役で偉いので、そういう作り方を推奨してきた。でも僕たちはこういうことが起きてる中に、季語でもうワンクッション違う展開を狙うような作り方なんです。《倒産の学習塾や朧月》の句とか、内容も合ってるし景色も合ってるし、全部合っちゃうんだけど、読んでる人は倒産した塾の中に〈朧月〉くらいは見えてるんだよ。だから蛇足とまでは言わないけれど、あんまり付け足す効果がないから、季語を付け足すことでどこかを裏切ったり、っていうのがほしいかなって思った。非常に厳しい意見ですけどね。

村上　分かります。本当に言い訳でもないし、言い訳でもあるんですけど、僕がこの限られた短い時間の中で、正直季語の部分はおざなりに付けてるんですよ。だから12音いいものができたときに、これくらいならまあとりあえず、っていうのを付けました。でもそれを僕が選び取ってくるってことは、軸があるとは思うんですね。確かにそれが僕の軸にあるから、今後推敲するときにどれくらい崩していくかですよね。このバランスはでも、センスですもんね。

北大路　センスだし、やっぱり場数を踏んでいくと、このくらいは（読み手は）読んでくれるんだっていうのは分かってくるから。まだ読者に恵まれてなくて、自分の中の想定してる読者が弱すぎるんで、これくらい言うとこう思うだろう、ってまだ自分優位のところがある。もっと読者側に寄り添って、読んでくれると思って作らないと。手放せないんだよね、句を。差し出さなきゃ。でも性格的にできない人でしょ？

村上　そうですね……。だから僕はできないというのを自分で超えていきたいんです。

北大路　あと偶然性を信じた方がいいですよ。理詰めにしちゃうんで。やっぱり僕たちが時間を切ってやっているのは偶然性に頼ってるところがあって、偶然の方がおもしろいことが突然出てくることがある。あと5秒でパパッて作ったものにすごいことが書いてあることもあるし。

村上　確かにね、偶然性がおもしろいことを作るのもめちゃくちゃ分かるんですけど、偶然性がすごいものを生むっていうのはにせものだと思っちゃうんですよ。偶然性に逃げているって。めちゃくちゃ一生懸命作ってる中にはみ出すものが偶然性だ、っていうのは分かるんですけど。

北大路　下手な句が作れないんですよ。欠点がないところが欠点になるし、もうそこまで来てるレベルだから、もっとコテンパンにされた方がいいと思うよ、あなたは（笑）。

コラム　選句修行２

題「丸」「遠足」

俳人・坊城俊樹さんも選者に

今回の選句修行は村上さんだけでなく（※選句修行1は79ページ）、結社「花鳥」主宰の俳人・坊城俊樹さんを選者にお迎えしました。２０２０年４月、新型コロナウイルスによって外出のままならない中、俳句で少しでも明るい気持ちになれるように、とお二人に出してもらった題は「丸」と〈遠足〉です。

村上さんからのお題は「丸」。

《テーブルに君の丸みのマスクかな》という句が人気の村上さん。「いまだに僕の俳句でこれがいいと言ってくれる方が多いので、その中から〝丸〟を取ってみました」

坊城さんからのお題は〈遠足〉。

「〈遠足〉は春の季語です。誰にでも経験があって身近で作りやすい」と選んでくれました。

応募のあった381句から特選1句、入選5句をそれぞれお二人が選句します。

まずは、坊城さんの入選5句です。

修司忌の苦き丸薬噛みつぶす　樺野午睡
シロナガスクジラ見上ぐる遠足子　丹下京子
遠足の帰途に紛れる天狗の子　ドラ座衛門
遠足やバミューダ海域でおやつ　潤目の鰯
遠足や棒を拾へばみな男子　古田秀

坊城　《**シロナガスクジラ見上ぐる遠足子**》のクジラは、真っ白でものすごく大きい雲のことじゃないかなと思った。春の雲の柔らかさもありますよね。《**遠足や棒を拾へばみな男子**》の「男子」は、「おのこ」って読むのがいいと思います。先生とか教頭先生も棒を拾ったりして、男の子に戻っちゃう。「おのこ」って読ませたら女の先生だっていいんですよね。**《修司忌の苦き丸薬嚙みつぶす》**は寺山修司のどうしようもない哲学、人間性の感じが出ますよね。若いときの寺山は特に反社会的な葛藤もあったりして、そんな忌日の丸薬は嚙みつぶさざるを得ないだろう、っていう感じがしました。

村上さんの入選5句です。

春の日や餃子に丸くごま油　冬木ささめ
うらうらとリードの鈴と睾丸と　岩のじ
遠足を見て遠足に見られゐる　ゆっ子
遠足の補助席にゐる知らぬ人　探花
コンパスの丸の未完や花過ぎて　高橋無垢

村上　**《遠足の補助席にゐる知らぬ人》**は、坊城さんが取った**《遠足の帰途に紛れる天狗の子》**みたいにファンタジーとして読んでもおもしろいし、遠足ってたまに目的地に着いて、駐車場の止めるところまで案内するときに、一瞬バスに入ってくる人とかいるな、っていうのを思い出しました。

坊城 怖いよね、これは。すごくシュールな感じがあって。補助席にいる、っていうのがいいですよね。かしこまってる感じがして、『千と千尋の神隠し』に出てきそうなさ。

村上 **《遠足を見て遠足に見られゐる》**は、遠足って見ちゃうものじゃないですか。それは分かるんですけど、遠足の人たちもこっちを見てるな、っていう感覚がなるほどと思ったんですよ。その「あるある」を描写できてるのがいいなと思いました。

坊城 こういう句はあんまり見たことがないですね。**《コンパスの丸の未完や花過ぎて》**もおもしろくないですか？　でも意味が分からないんだよ。

村上 ぱっと見、すごくよかったんですよ。でも「コンパスの丸の未完」っていうのは、コンパスって意外ときれいに書けなくて、〇を書いている途中で止めたのか、最後の接地面がずれることを言ってるのか、どっちなのかなって。

坊城 これは作れなかった方だと思うな。子どもたちって、最初はうまくできないじゃないですか。最後の方にくにゃくにゃっとなったりするでしょう。〈花過ぎ〉も時間の経過としていうと、小学生が入学して、それこそ4月末くらいの算数の授業でコンパスの丸の最後ができない。そういう感じなのかなと思いましたね。

いよいよ特選の発表

坊城俊樹　特選

マンボウの眼に遠足の子等の影　**藤色葉菜**

坊城　マンボウが好きでしてね、私。マンボウの目ってすごく独特なんです。特別なんですよね。当たり前なんですけれどまぶたがない、まんまるの玉みたいな目に、遠足で来た子どもたちの影が映っている。水槽のガラスでセパレートされているマンボウと人間の子どもたちがいて、その間の景色というのはすごく不思議で、三次元みたいな感じがあって、物語みたいなものも出てきていると思うんですね。マンボウって、やっぱり外に出たいと思うんです。南の方の、ものすごい大海にいそうじゃないですか。それなのに閉じ込められている感じと、子どもたちがキャーキャー騒いでいる感じの取り合わせにひかれました。

村上健志　特選

地球儀の丸き埃や四月尽　　登りびと

球根を植ゑて残れる手の丸み　　彼方ひらく

（発表当日になっても村上さんの選が絞りきれていません）

村上 感覚的には「地球儀」がいいんですけど、季語が〈四月尽〉なのかな、っていう気がしていて。季語が動く（＝他の季語でも成立する）かもと思ってしまって。

坊城 いや、どっちでもいいんじゃない？　そんなに動くとも思わないし。

村上 地球儀は偶然、《**地球儀の並ぶ四月の本屋かな**》って俳句を作ってたんです。本屋に行ったときに、新学期って意外と教材とか並んでて、地球儀が売ってたからおもしろいなと思ってたときに、この句が出てきたから「あー」と思って。地球儀のある喜びが4月とつながるのはいいんですけど、埃がたまってしまっていることが春の終わりと結びつくか、というとどこまでかな？　とは思ったんです。

坊城 今理屈で考えただけですけど、それこそ地球儀の教材みたいなものがあって、ふつうに4月から学校があれば使ってるのに、それが4月の終わる頃まではっとかれている感じ、っていうんですかね……。

村上 あー、なるほど！　ほっとかれている感じが確かに！　そう聞くと〈四月尽〉がむちゃくちゃいいですね。僕の中では新学期に埃がたまるって早すぎない？　と感じたんですけど、地球儀に埃がたまってしまっているのが春が終わるかなしさと結びつくと思ったら、すごくよく見えてきた。

坊城 初夏になると青い光とか黄金色の光が見えてくるんだけれども、〈四月尽〉がちょうど中途半端なんですよね。1、2週間前の4月の終わりの感じっていうのは、何かと世の中が動いてないせいもあるんだけれども、今までよりもちょっと寂しかった感じがありましたよね。

村上 話してると地球儀の句がよくなってきたんですけど、**《球根を植ゑて残れる手の丸み》**の方は、一読して想像したときに「確かに！」と思ったんです。球根を植えるときに、手を丸くして植えて、植え終わっても意外とその感触って手に残ってるな、って思ったんです。自分が今まで知っていたであろうことが発見できた、っていうおもしろさがすごくあって。球根を植えることの描写しかしてないんですけど、土の感じとかいろんなものが見える。シンプルな言い方でイメージできるのがすごいな、と思いました。どっちもいいんだよな……本当に。

坊城 特選2つにすればいいじゃないですか。

村上 そうします！

集まった句の印象、選句のポイント

村上 僕は自分が「丸」って題を出したから、丸の方を重点的に見ちゃったんですよ（笑）。

坊城 私は〈遠足〉を出したから遠足なんです。村上さん、ふだん拝見していますけれどもお上手ですし、今日はつまんない句を取るとやられるかなと思って、飛躍のある句を選びました（笑）。〈遠足〉っていうとふつう、かわいらしい行列じゃないですか。これでもって当たり前のように作るのはあんまりおもしろくないから、飛躍があって、でもどこかで写実ができてる句がいいかなと思ったんですね。

村上 僕も１回目に読んだときは「丸をこういう使い方するんだ」とか、「遠足のそういうところをとらえてくるんだ」ってところでピックアップしちゃいましたね。

坊城 「丸」と〈遠足〉ですから、頭で考えて想像で作ると類想だらけになるんですよ。遠足ならしんがりが遅れて、おにぎりが出てきて、男の子と女の子のいさかいが起きるのがパターン。どうしても予定調和で、ハッピーになるので、少し気持ちの悪いものもほしかったですね。

１万句から選句するときのコツ

坊城 例えばＮＨＫ全国俳句大会は、自由題だけで６０００～７０００句来るんですよ。題詠が３０００句くらい。それでも何万句の中から予選選者が選んでいる。そうなると、句がある程度うまい。その中でさぁ、あと何十句取りましょう、特選を２つか３つ取りましょう、っていうと壮絶に分からないですよね（笑）。だからやっぱり、類句、類想があるとはじかざるを得ない。俳句は世界最短の詩なのでしょうがないですし、宿命なんだけれども、なるべくそうじゃないやつを取るわけです。

村上 今回みたいに「丸を使う大会」「遠足を使う大会」になると、オリジナリティーはどうしても大事になりますよね。この人の句は超きれいだけど、この大会では1人じゃないんだよな、っていうのはあるなって思いました。

坊城 日本人だから好きなものは大体似てるわけ（笑）。きれいなもの、かわいいもの、おいしいもの、みんなそうなんですよ。だからあんまりきれいに整っている句は気を付けた方がいい。「ちょっと破綻してても好みだ」っていう方が危なくはないと思います。

コロナ禍、自粛生活の中で俳句の意味とは？

坊城 最近、「コロナ禍」ってみんな書くんですよ。あれだけでうんざりしちゃう。

村上 コロナで俳句って難しいですよね。コロナを振りにした気付きはいいと思うんですけど。コロナって入れないで、写実的な悲しみや恐ろしさっていうものが出てるといいなと思いますね。

坊城 それこそ高浜虚子は、昔コレラがはやったとき、コレラの句はあえて作らなかったですね。戦争もそうでした。太平洋戦争の頃もずっと俳句を作っていたけれども、虚子はふつうに「桜が咲いた」なんてやってましたから。それは何も変わらない、ってことですよね。そういう意味では俳句っていうのは強いし、災難があっても本質は変わらない。だから俳句があってよかったなって思うし、詩や歌を持ってる人たちっていうのはいいですよね。

村上 僕も毎日、自分の中で「これをやろう」と決めて過ごしていて、俳句に関しては軽くしか作ってないんですけど、なんとなく作る分には創作っていうのはストレス発散としてすごくいいものなんですよ。うまかろうが下手だろうが、もう関係なくて。だんだんやっていけば人に褒めてほしくなるんですけど、今は家にいてもＳＮＳがあれば誰とでもつながれるじゃないですか。そういう意味で、俳句や短歌っていう、ある程度は感性なんだけど、何割かは技術や練習で埋められるものはすごくいいと思うんですよね。今、小説をいきなり書けって言われたら技術はあるんでしょうけど、ＳＮＳで気軽に発信するにはちょっと遠いと思うんですよ。それはブログでもいいんだけれども、どうしても本当の思いをつらつら書くと、愚痴や悪口や拒絶が本音っぽく見えちゃうじゃないですか。それはあんまり今はよくないかな、と思っていて。俳句とか短歌とか、オリジナルのラブソングを作るのでもいいんだけど、創作である程度自分から切り離されたものを作るのは、すごく健康的だと思います！

坊城俊樹（ぼうじょう・としき）

曾祖父は俳句界の巨人・高浜虚子。祖父・高浜年尾のもとで俳句を始め、２０１１年から結社「花鳥」を主宰する。俳句のおもしろさとは？「おもしろくないんですよ（笑）。やればやるほどつらいんです。俳句はやさしくて難しい、だからおもしろいのかも」。目指しているのは、やさしい言葉で余韻の深い句。

9

河童ワールドを詠みまくる

二〇一九年十一月

修行先

尻子玉俳句会

秘密〝妄想〟結社に潜入！

「くれぐれも〝だって見たんだもん〟なんていう句を詠まないように」

尻子玉《しりこだま》俳句会を主宰する近恵《こんけい》さんに取材を依頼すると、そんなメールが返ってきました。河童が好んで引き抜くといわれているお尻の玉「尻子玉」を冠する句会「尻子玉俳句会」のテーマは「妄想」。俳句として成立していることはもちろん大事ですが、同時に河童や地底人、宇宙人などが存在するという前提で詠む、もしくはそれらの目線に立って詠むことが求められます。近さんのメールは続きます。

「参考までに、昨年の暮れに行われた『尻子玉争奪杯』で私が出した句です。なまはげの尻子玉です買いました↓争奪杯優勝句」

近さんが、かくのごとく奇天烈な句会を始めたのは7年ほど前だと言います。

「当時〝森ガール〟が流行っていたんですけど、（俳人の）太田うさぎさんと〝私たちは沼よね〟と話していて。河童が生きていると思いたい方のメルヘンだよねって。それでミクシィのグループを立ち上げて、妄想に賛同するメンバーを集めたんです」

メンバーは現在12、13人。その中の一人、山崎志夏生さんいわく「みんなふだんはまじめな俳句を詠んでいる」人たちで、近さん自身も２００７年から「炎環《えんかん》」という結社に所属して、技術を磨いています。尻子玉俳句会を開くのは「役に立たないことをまじめにやる」ため。年末にオンラインでタイトル戦「尻子玉争奪杯」を行う以外、句会の頻度は1シーズンに1回。「回数が多くても、ここで作った句は（他の句会や賞レースなど）どこにも出せないので、細々と続けていければという感じですね。というか秘密妄想結社なので、こうやって表に出るのもどうなの!?」と笑います。

河童俳句、異星俳句、とりどり

11月30日の句会で、事前の提出が求められていたのは当季〝妄想〟雑詠5〜10句でした。「本当に河童がいたとしたらどんな生活なんだろうって落とし込んでいったら、意外と楽しかった」という村上さんが作ったのは次の6句です。（原文ママ）

父に似てきた水掻きやオリオン座

手を組んで死んでる河童十二月
林道の廃UFOに冬苺
アイコスを咥えた河童寒日和
双六の駒にんげんの形して
調査終え地球土産のブロッコリー

午後7時半、東京・中野の台湾料理屋「味王」の円卓を囲んだのは、村上さんを含めて8人でした。それぞれが事前に提出した計74句の中から、特選1句を含む10句前後を選んで発表していきます。テーブルにはビールとザーサイ、ピータンそして豚のミミ。

近　人気句がありましたね。《人造の子どもたちくじらとりにゆく》。じゃあ、うさぎさんから句評お願いします。ごめん、食べてた？

太田　なんか小説っぽい。カズオ・イシグロの『わたしを離さないで』を思い出して。人造ってところがすごく寒々しくて。冬の海で捕鯨船に乗っているのが全部人造の子どもたちっていうところがとてもすてきでした。

山崎　クローンなのかロボットなのか。やっぱ寒々しさっていうのがいいと思いました。

笹木くろえ 色彩がこれ、モノクロームなんですよ。絵を描くとしたらモノクロームか点描かなって。唯一の難は中八（五七五の七が八）なんですよ。だけどこれは読み方を工夫すれば気にならないかなと思って特選にしました。とにかく詠まれている内容に非常にひかれました。

村上 みなさんがおっしゃるように映像がすごくきれいというか想像できて、しかも物語性があって、子どもだし人造だしクジラだしっていうのがいろいろと考える余地があるのが楽しいなと思って特選で取りました。

近 どなたの句？

前田凪子 凪子です。

一同 お～!!!

次に、特選1人を含む3人の選を集めたのは、村上さんの《調査終え地球土産のブロッコリー》でした。

太田 こういう異星俳句大好き。他の星から地球を調査しに来たんですよね。こんなものがあるって。ブロッコリーって、あの緑の感じが地球っぽくていいんじゃないかな。

上野葉月　ごめんなさい、〈ブロッコリー〉は季語なの？

太田　冬の季語かと。

上野　最近よく〈ブロッコリー〉の句を見るから、あのフラクタルな感じが好きで取ってしまうのだけど、季語なんだ。

前田　特選で取ったんですけど、ブロッコリーが地球の木をミニチュア化した感じじゃないですか。だから地球にはこういう植物があるよ、っていうのを教えるために持っていってるのかなって。物語性があっていいなと思いました。

太田　（村上さんと前田さんは）特選の取り合いだ。

山崎　やだね、なんかね。

一同　（笑）

早々に紹興酒の瓶が開き、揚げ茄子のニンニクソース、サンラータン、豆苗炒め、蒸し餃子、千切り豆腐と料理が運ばれてきます。尻子玉俳句会の名物、河童の句もとりどり出そろいます。

セーターは甲羅の内側の匂い　**近恵**

木の葉髪と言うて下向く河童かな　山崎志夏生

今年も終るゼ闇鍋からキュウリ　カサイアコ

気に入りのコートけなされ尻子玉　笹木くろえ

冬至湯がうつすら緑皿浮いて　太田うさぎ

時折は恋の生まるる捕鯨船　上野葉月

村上さんの《手を組んで死んでる河童十二月》は4人の選に入る人気ぶり。河童界の身分制度にまで話が広がりました。

笹木　これは心中ものですよ。道行きなんですよ。紙吹雪が舞っちゃってもおかしくないと思うの。12月にお芝居を見てる感じがして、私は好き。大歌舞伎的な。

太田　私は単体だと思ったんですけれども。こうやって（指を組んで）死んでるんだと思った。

近　『ツイン・ピークス』みたいな感じよね、あれ想像しちゃう。

太田　でも、これはかなり人体に近い河童。河童の中でも高貴な河童なんだと思う。

笹木　ヒエラルキーがあるんですね。かわいそうやん。

近　ミイラにされるような感じ？

太田　河童の王様。で、水葬とかされるのかな。

一同　水葬〜（笑）。

追加のビール・レバニラ・チャーハン・杏仁豆腐

近　《ブラ跡はうすみどりなる湖底妻（前田凪子）》。志夏生さんと村上さんがお取りになってます。

山崎　なんとしようもない句！　この句会以外ではどこにも通用しない感じがする。湖底妻っていうのがいいよね。本妻じゃない感じがするよね。

一同　（爆笑）

山崎　「芋の煮っころがし煮たから来て」みたいなメールが来る、湖底妻から。そのブラを外してあげたときに、薄緑なんだよね。

近　ちょっと締められていて。

太田　日活ロマンポルノの味がするよね。

村上　僕は「湖底妻」っていちいち言うってことは、河童じゃない人が旦那さんなのかなって。俺の妻は湖底にいるっていう。

山崎　通い婚なんだね。

感想戦 ―― 見たことのないものを書くのは楽しい

河童がいる気になってくる

――お疲れさまでした。

近　今日はどうでした？　投句を見たときは結構がんばったんだな、って思いました。

村上　最初言われたときは、どうしたらいいのか分かんないっていう。河童って書いたら河童の句になるのは分かるんですけど、河童目線ってなるとこの句会じゃなかったら「何言ってるの？」っていうのがどこまでOKなのかとか。

近　外には出せない句です。

村上　でも、見たことないもののディテールを書くって、最初はちょっと難しかったんですけど、それをどこかの映像にはめていくと楽しかったですね。

近　だんだんいる気になってくるでしょ？

（笑）

村上　5～10句提出って、みんないっぱい出してきちゃうから上限がついてるって言われてて、その意味が分かりました。

山崎　おかしくなってくるでしょ。

村上　この句会だったら、ダメなのを出してもあんまり自分の感性が傷つかないかな、って。

一同　（爆笑）

村上　何でも出しちゃえ、っていう。その中で当たればラッキーくらいの感覚だから。確かにいっぱい出したくなるのは分かりました。

近　でも真剣にやってるよね。

村上　それは楽しいし、河童が聞いたら喜ぶだろうなっていう。僕、地元が河童の里みたいなのを自称してるんで。

山崎　じゃあぜひ、今日の句の中から『プレバト!!』に一句！

村上　河童感は、出せないですよね……。

――近さんから村上さんへアドバイスはありますか？

近　真剣に妄想してまじめに取り組む句会。村上さんがどんな妄想をしてくるのかを楽しみにしていました。最初戸惑ったということでしたが、初めての参加にしては妄想も俳句も上出来だったと思います。単におもしろさやウケを狙ってこられなかったのもよかった。

　句を見るとこれまでまじめに俳句に取り組まれて来たのがうかがえます。読みもちゃんとしていますし、今回出された俳句も作りは手堅い。そう、「手堅い」という印象です。写生句も妄想句も言葉でアプローチするという点では同じです。河童はさておき、どんな俳句でも心を動かされた読者がいたなら、その俳句が誰かの胸に届いたということですから詠んだかいがあると思うのです。村上さんは基礎が身に付いていらっしゃいます。もう「よい評価を得るために上手に作る俳句」の先に進めばいいのではないかなと思いました。

10

触発する俳句精神

二〇一九年六月

修行先

日本橋句会

社会人になっても続けられるように

高校や大学の部活で俳句に熱中しても、社会人になると仕事が忙しくなって遠ざかってしまう——。そんな人が少なくない中、時間を有効活用して句会を楽しんでいる人たちがいます。

輪の中心になっているのは阪西敦子さん。42歳（※取材時）で俳句界ではかなりの若手ですが、句歴はなんと35年。祖母の勧めで7歳のときに句作を始め、それが俳句雑誌『ホトトギス』の児童・生徒の部に投句されたことで「家族が写真を勝手に送ってデビューしたアイドルのように」俳句の世界に足を踏み入れたと言います。

所属する結社「ホトトギス」「円虹《えんこう》」の他、超結社の句会にも参加し、多くの俳人らと交流している阪西さんですが、今回の「日本橋句会」を始めたのは２０１８年秋のこと。俳句仲間の黒岩徳将さん、村越敦さんと知人の結婚式でグラスを傾けながら話していたときに思い立ったのがきっかけだそう。

「私が転職して職場が日本橋になったタイミングで、みんな職場が近いね、よく会うけどこのメンバーで句会ないね、って話になって。人づてに（俳句仲間の）何人か職場が分かっていたので、この辺の人に声をかけたんです」

そう阪西さんが言えば、黒岩さんが横で「隠れてやらないと鍛えられないから」と付け足します。

日本橋句会は月に1回、その名の通り東京・日本橋にあるカフェで午後7時にスタートします。とはいえ、仕事の都合などで最初から全員が時間通りに集まれるわけではなく、取材日の6月14日も集まったのは9人中、村上さんや阪西さんを含めて6人。その場でお題（＝席題）を出して20分ほどで2句作るところから始め、間に合わなかった3人とはその都度、メッセンジャーでやり取りします。

当日は兜町の「兜」と証券会館の「証」の文字を席題にすることになり、阪西さんがメッセンジャーで報告、3人は席題句を作りながら会社からカフェへと向かいます。

全員がそろったのは7時40分。それぞれ事前の宿題として用意した5句と席題の2句の計7句を無記名で短冊に書き、それをバラバラにして清書した紙を人数分コピーして選句します。「兜（を使った句）が何も浮かばない」と言いながら村上さんが提出したのは次の7句

でした。（原文ママ）

双子らの真中へ母の団扇風
冷し酒菜箸太き天ぷら屋
薄暗き靴工房にカラジューム
紫陽花へ突っ込む雨後の紫陽花へ
手の甲で眼鏡をあげて墓洗う
免許証の目つきのごとき日雷
颪死せり兜に鋭き光かな

70％の詭弁にタジタジ

限られた時間の中で「言いたいことをぶわっと言う句会です」と阪西さんが言うだけあって、合評はしょっぱなから白熱モード。《風鈴やカレーをかき混ぜる猫背》という黒岩さんの句では、「ふわっとした季語の付け方は平成後期、２０００年以降の俳句の感じ」「かき混ぜてよかったね、で済ませている作者の価値観は平成」と参加者の一人、大塚凱さんがまくしたてます。
続いて句評を求められた村上さんも思わず、「ちょっとごめんなさい、今の聞いてたらあんなに言えないなと思って……」とタジタジに。「70％くらい詭弁だから大丈夫です」と村越さんがすかさずフォローします。
参加者の黒岩さん、村越さん、大塚さんの3人は、実は俳句甲子園で舌戦を繰り広げてきた戦友。４人の選に入った人気の席題句《くり抜いて眼涼しき兜焼き》でも、３人が中心となってまたも激論が交わされました。

阪西 最初にちょっとギョッとさせる作り方が上手かなと。なんの目だっけ？　と思ったら兜焼きだった、っていう急に最後いい感じになったりして。取ってませんが、黒岩さんはどうですか？

黒岩 俳句を作るときの「やってやったぜ感」が一つひとつに全部表れていて、見え透いてるかなと思って。今まで俳句の上手な人がやってきた一つの仕掛けを全部詰めただけ、みたいな感じが。「焼き」と「涼しき」の両方入ってるところもどうなの？　みたいな感じがします。

村越 やっぱり「涼しき」が一番許せなくて。その空間にものがなくて涼しいのと、心理的になんとなくプチ残酷なことをやってやったぜ、みたいな背徳感のある爽快感みたいなものを重層的に「涼しき」って言おうとしてるのも見えてきちゃって。

大塚 うまい句で隙がないんですけど、これは80年代以降の俳句界の弊害だと思うんです。古典回帰した（飯田）龍太、（森）澄雄以降の問題だと。それまでの技巧を組み合わせて書くっていう方に転じている感じがします。

阪西 すごく怒られてますが、作者は誰でしょう?

黒岩 徳将です。

阪西 君かい。

大塚 我々がトラップに引っかかった感じ。

一同 （爆笑）

さまざまな結社に所属している人が集まっていて、一つの句に人気が集中することはあまりないとのことですが、最も多い5人が選んだのが大塚凱さんの《踏めば蛾の掠れることの二三回》でした。ここでも特に、黒岩さんの評が冴え渡ります。

村越 まず、すごくリアルですね。〈蛾〉って季語の本意を言い換えるとこういうことかなって。ちゃんとものに向き合って書いた感がいいと思いました。

村上 何でもないことだけど、やっぱりすごくいいなと。最後の「二三回」っていうのもいいし、っていう感じですね。

黒岩 「踏めば」で始まっていることで「なんだろう」と思わせる力がもう、ここから「俺俳句始まるぜ」みたいな感じがすごい。

阪西 (選評が)今日、変!

大塚 ゾーンに入ってる感じ(笑)。

黒岩 もっとふつうにやりましょう。一音しかない季語で、自分で書き込まないといけないから、「二三回」っていうのはそっと撫でるように書いているようにも思うし、リアルな方に踏み込んでいるようにも思うので、書き方に作家性が出ている。だからこの句よりもこの人に会いたくなる感じがします。

村上さんの俳句は《手の甲で眼鏡をあげて墓洗う》が2人、《免許証の目つきのごとき日雷》と《薄暗き靴工房にカラジューム》もそれぞれ黒岩さんほか1人の選に入りました。黒岩さんいわくポイントは「詩を生み出す要諦は比喩・誇張・錯覚である!」(黒岩さんの師匠・今井聖さんの言葉より)とのこと。

「免許証の写真を撮るときは自分の顔じゃないような顔になって、ちょっと不細工だったり嫌な感じの顔に撮られてしまう、っていうことを含んで言ってる。焦点誇大をよく使ってるなと思いました」

「カラジュームが出てくる俳句は初めて見て、画像で検索すると観葉植物の葉っぱがめちゃ鮮やかな形ですけど、つまりカラジューム自体も靴っぽい感じがする。形状の類似性をとらえてる俳句で、〝似てるだけやん〟で終わらない句が珍しい」

「靴工房には花よりも葉の方が似合うな、っていう感覚で形のことはあんまり考えなかったんですけどね」と笑う村上さん。

終始、俳句甲子園組の勢いに押されていましたが、最後に感想を聞かれると「今回は俳句もすばらしかったんですけど、句評がおもしろかったですね。平成史とか違うところに飛び火して。俳句に対する精神を感じました」と締めくくりました。

感想戦 —— 阪西さん対談・句会で俳句を突き詰める

俳句への熱さを感じた

——お疲れさまでした。最後におっしゃっていた、「俳句に対する精神を感じた」とは？

村上　作品のオリジナリティーを求めるときに、平成俳句とか何年以前とか以後とか過去にあったものと比べるとか、「私は俳句はこうだと思ってる」とか、そういう熱さを今までで一番感じましたね。特に（俳句甲子園に出場経験のある）若い3人にそれを感じたし、いいなと僕は思ったんです。

阪西　本当に3人は勉強家で、どこでそれを見つけてきたのか？　っていうようなことを言うんです（笑）。村越くんがさっき、《桜桃忌と教へて雨とともに消える（大塚凱）》の句で「今こういうのに弱いんですよ。霊的とかファンタジーな句もいいなと最近思って」って話をしてたでしょう。ああやって自分の中でスタイルも変わっていくみたいで、ちょっとずつ好きなものに進んでいる感じがしますね。

——村上さんは、この連載にも出ていただいた佐藤文香さん（→56ページ）の若手俳人のアンソロジー『天の川銀河発電所』を読んで、阪西さんの句がお好きだったんですよね。今日も《全景の揺れはじめなり七変化》という句を取っていました。（※七変化＝アジサイ）

村上　小説を読んでて、こんな一文があったらすてきだなと思ったんですよね。はっきりとは言えないんですけど僕、結構オーソドックスなのが好きなんですよ、たぶん。何言ってるのか分からない、ファンタジー的な俳句も分かるようになりたいんですけど、まだ分からないんですよ。やっぱり僕は、ああ確かにそこに気付いてなかったけど、映像にするのかっこいいなとか、美しいなってすごく思うんです。その感覚と、ちょっとそこに気持ちみたいなものが入ってるのを感じてすごくいいな、って思ったんです。

阪西　俳句を４つに分類したときに、一つは自分が頭で練り上げたんじゃなくて、自分が見たと思ったものを作る句があって、もう一つは、そういう風に作ったけどちょっと違って見える句があって、あとは自分の頭で作り上げたけど結構ふつうの景色になっちゃった句があって、最後は本当にファンタジーってそういうことだと思うけど、現実的にないもの、つかみどころがないものを頭で作った句があって。みんなどこかに当てはまるんだと思うんですけど、やっぱり私は、自分の頭で練り上げてはあんまり作らない。〝見た〟と思ったものを作るかもしれないですね。今日のメンバーともそこは共通点で、凱くんも結構変な句を作りますけど、今日の蛾の句も「蛾が好きなんですよね」ってところからできてると思うし、黒岩くんは自分の頭で作って、それでもすごくリアリティーのある俳句が好きなんですね。

——阪西さんは７歳のときからずっと俳句を続けていますが、その秘訣は？

阪西　会う人がずっと変わるんですよね。村上さんも変わりますでしょ？　毎月句会に行ってるので。

村上　俳句を通して出会う人はそうですね。

阪西　結構会ったと思うんですけど、まだ会いきれない人がいっぱいいっていうのがおもしろいかな。

句会の議論のおもしろさ

村上　僕、『プレバト!!』に出てるんですけど、一度、夏井（いつき）先生じゃなくて3人の俳人の方が来たときがあったんですよ。それでマジで全然言うことが違って、「俺はこれで合ってると思う」とか「私はこれは俳句になってないと思う」ってすごいけんかをするんですよ。それはおもしろいなと思って。結局俳句って好みだし。僕は行ってないんですけど、その後スタッフに聞いたら、打ち上げの飲み会でもその先生方がずっとそのことで言い合いをしてたそうなんですよ。そういうもんなんだろうな、って。自分の信じてるものが一番だ、と思い続ける大事さってあるんじゃないかな。別に遠慮する理由もないし。

阪西　私、俳句甲子園の審査員をして今年で7年目なんですが、全作品を審査するときに、夏井さんの方針で多数決は取らないので、（議論が続いて）ご飯が出てても食べられないっていう罰ゲームみたいなことになってて（笑）。日本橋句会も地名だけで（参加者を）集めてて、地名とか路線で集めると自分では想像しない人が集まるので、傾向が本当にバラバラになるのでおもしろいですね。

こういう句会って、主義っていうよりはその場で出た句に対して、どこがみんなと思ってることが違って、どこが一緒か、突き詰めて言い合えるのがいいんですよね。人の話を聞かないとたぶん分からない、自分だけで考えるとふわっとしちゃうこともあると思うんですけど、だから句会が終わった後に、自分がその句をどう思ってるかっていうのを、もう一回、突き詰めてみるのもおもしろいかなと思います。それが好きだから、プレバトの先生たちもずっと言い合いしてたと思うので。

村上　そうですね、すごいなと思いますね。僕、人の句の読解力がないんですよ、たぶん。

阪西　思ってることを手触りだけでも言ってみるといいですよ。その言葉を拾って「つまりこういうことでしょ」って、他の人がゴチャゴチャのものを並べて数式化してくれるみたいなところが句会にはありますから。

二〇一九年八月

11 ふせんに書く即吟、○△

修行先

真芯句会

俳句を始めたきっかけは…

「プレバトのことを語ると長くなるんですけど……」と話し始めたのは、「真芯《ましん》句会」を仕切る神山刻《とき》さん。バラエティー番組『プレバト!!』で村上さんの句を見て俳句を始めたと言います。

「初回から見ていて、いきなりある日、村上さんが出てきてですね、《テーブルに君の丸みのマスクかな》が今まで出てきた俳句と全然違ったんですよね。男性目線からの、ちょっと女性に対するフェチシズムみたいな。あれが評価されるような軸が俳句にあるんだ、って思ったんです。その後に、また村上さんの《卒業の駐輪シール並ぶ朝》っていう句にすごく驚きまして。高校卒業のときに全く同じことを考えたことがある！　って思ったんですね。（番組の中で）自分の句を査定されているみたいな気分で、テレビの前で死ぬほどドキドキしました」

それまでアニメを見たり映画を見たり、インプットする趣味ばかりだったので「アウトプットの趣味がほしい」と思っていた神山さん。「これは俳句をやらなきゃいけない」と思い立ち、まずは松山市が運営する俳句投稿サイト『俳句ポスト365』に投句するようになったと言います。

「一回に7000〜8000句集まって、夏井いつき先生が全部見て、天・地・人（の各賞）を発表するんです。そこで結果が出始めてから勘違いしたというか（笑）。もうちょっと勉強しようかな、と思ってリアル句会に出始めました」

さまざまな句会に出たり、賞に応募したりして技術を磨いていった神山さんですが、「思った以上にできなかった」のが、お題に対してその場ですぐ詠む「即吟」の句会だったそう。同じく即吟を苦手としていた結社「街」の谷村行海さんと一緒に修行しようと、2018年12月に立ち上げたのが真芯句会です。最初は3人だったメンバーも12人に増え、平日の夜、学校や会社帰りに来られる人が気軽に参加しています。

弱点を話し合い、上達を目指す

8月8日午後7時半、村上さんが東京・新宿のカフェの個室を訪れると、集まっていたのは神山さんと谷村さんを含めて20〜30代を中心にした若者9人。自己紹介では村上さんが

『プレバト!!』で披露した俳句の中で好きな句を挙げるなど、歓迎ムードが漂います。

当日はそれぞれがお気に入りの本を持参していて、その中からお題を決めることになっていました。村上さんのオススメは『星の王子さま』。「超有名なんですけど、大人になってもう一回読み直したら、もっとよかった」というのが理由ですが、内容はさておき、ここでは適当な数字を言ってページを決め、題となる漢字を拾い上げます。

「98ページにある6番目の漢字」で「見」の字を使った句を詠むことになりました。

「ああ〜」というため息まじりの声が上がり、村上さんも頭を抱えます。

「(極力むだな言葉を省く)俳句であんまり〝見る〟って使わないじゃないですか。そうなってくると〝見〟が入った熟語を探すしかないんですけど……」

制限時間の10分が過ぎても「ちょっと全然できてないです。ごめんなさい。がんばります!」と村上さん。「途中で1分くらい何も考えられず、諦めてる時間があった」と言いつつ絞り出したのは、次の2句でした。(原文ママ)

月代《つきしろ》や味見に小さく開く口

※月代=月の出る頃に空が明るくなりかかっていること

見せしめのごとく月だけ大きくて

真芯句会の特徴は句をふせんに書いて回し、いいと思った句（＝特選）には○印、弱点はあるけれどいいと思った句（＝並選）に△印を付けます。「僕らの句会は指導者クラスの人がいないので、得点の多い少ないではなく、句の弱点を話し合うことを主眼にしているんです。議論するのが一番の上達の近道かなと思ってるので」と神山さん。句会でよく使う短冊ではなく、ふせんにしたのは「余白に○△を書きやすくするため」（谷村さん）とのことです。

神山さんの《見られたくなき顔で金魚を見てをりぬ》、谷村さんの《ぶろぶろと見世物小屋の扇風機》がそれぞれ8つの○と△を獲得した一方、議論になったのは金城果音《かのん》さんの句でした。

見習ひのしきりに汗を拭きなほす　**金城果音**

黒岩徳将　何の見習いか言ってないのがいいなと思って。限定できないですよね、寿司職人見習いなのか、大工見習いなのか。ただひっくるめて「見習い」っていうものが、そんなに仕事していないのに汗を拭くことしかできない感じがあって。限定していないことでちょっと嫌かなって言う人はいると思うけど、僕はそれでもおもしろいんじゃないかと思いました。「拭きなほす」「しきりに」にしつこい感じが出てます。

神山 村上さんは何の見習いだと思いました？

村上 僕は勝手に、飲食店の新人っていうイメージでした。まさにこの前ご飯を食べに行ったら、新人が本当に手持ちぶさたで、やることがないけど一生懸命やってる感を出したいから汗を拭いてるって感じで、おもしろいなって。

神山 「しきりに」と「なほす」が情報としてはかぶってるかな、って思ったんですね。例えば「〇〇の見習い汗を拭くしきり」とかにしたら情報が入るかなと思ったんですけどね。

金城 個人的には、メイドカフェで立ってるメイドさんのつもりです。

神山 「メイドカフェ見習い汗を拭くしきり」もいいかもしれない（笑）。

村上さんの《見せしめのごとく月だけ大きくて》の句には3つの△が付き、「文語か口語か表現を統一した方がいい」という意見が。同じく△3つの《月代や味見に小さく開く口》

は、「正体の知れないものの味見に挑戦していく感覚がおもしろい」という一方、「語順はこれがベストなのか。〝小さく〟を最後にもってきて目立たせた方がいいのでは」というアドバイスが寄せられました。

「毒きのこ」で3句

続く第2ラウンドでは、神山さんが事前に用意した「変な季語」で詠みます。発表されたのは「毒きのこ」。「見」と違ってキャラが立っていて、村上さんも10分以内に3句作って提出しました。

永遠のはじまりとして毒きのこ　（△1つ）

「〈毒きのこ〉にはパルプンテ的な魔力がありそう」（西生ゆかりさん）

毒きのこ特集終わり夕支度　（○2つ、△2つ）

「自分の生活に全く関係ないなと思ってるこの人の雰囲気、主人公感がいいなと。夕支度って俳句にあまり出てこない言葉でいいなと思いました」（黒岩さん）

毒きのこ色で登場遅刻の子　（△2つ）

「ギリギリに起きて、家にあるものを適当に着てきたらピンクと赤と紫みたいな色になった、というのが想像できました」（西生さん）

藤本春風さんの《ムーミンの持っていそうな毒きのこ》、黒岩さんの《雨粒のぐぐいと曲がる火炎茸》などの秀句が出る中、参加者全員の○または△を集めて句会を締めくくったのは、西生さんの句でした。

東スポに包まれてゐる毒茸　西生ゆかり

金城　めちゃくちゃおもしろくないですか。間違えておじいちゃんとかが採っちゃったのかな、みたいな。〈毒茸〉だけどちょっとホンワカな気持ちになりました。

神山　だまされやすい人なんでしょうね。〈毒茸〉って分からないで包んでるし、東スポもふつうに買ってるし、みたいなね。

村上　おもしろいし、皮肉じゃないですけど「新聞なんてのはこういう風に使うのが一番役立つ」って感じが出てますよね。新聞に何を包ませたらおもしろいかっていうときに〈毒茸〉はいいなって。

寺沢かの　そこで選ぶ新聞が東スポ、っていうのがまた〈毒茸〉とよく合ってる。他のまじめな新聞だと〈毒茸〉が効かないっていうか、東スポくらいがちょうどいいですね。

感想戦 —— 神山さん&谷村さんと鼎談・即吟を発想の起点に

俳句が上達している実感は？

——お疲れさまでした。神山さんは村上さんがきっかけで俳句を始めたので、その辺りからお話を聞かせてください。

村上　本当ですか？　始めて2年ちょっと？

神山　2年2カ月ですね。

村上　俳句同人誌『円錐』の新鋭作品賞を受賞した20句を見させていただきましたけど、全部おもしろい。魅力のある俳句ですよね。

神山　《シエフを呼ぶゐもしない蚊をうつやうに》とかどうですか。

村上　すごくよかったですよ。あと《啓蟄のエクレアがある野菜室》も。野菜室に入れないじゃないですか、エクレアって。でも、野菜室に野菜以外のものを入れていることってあるし、その変さ、違和感がいいなと。

——もう一人の主宰者の谷村さんは、村上さんと同じく短歌出身という共通点があるんです。

村上　今も短歌はされている？

谷村　今、短歌2の俳句8くらいで、ほぼ俳句ですね。地元の岩手に俳句甲子園じゃなくて短歌甲子園って大会があって、出場するために高校1年生から短歌を始めました。でも頭の中だけで作ってる短歌が目立つようになってしまって、俳句の方が実感のある作品がかなりあるなと思って。自分はイメージよりも実感の方が好きだったので、俳句の方に移っちゃった感じです。村上さんの句は《八月の海を置き去るバイクかな》が好きなんですけど、短歌と俳句を作るとき、頭の使い方ってどうなっていますか？

村上　いや、僕も正直あんまり分からないんですけど。短歌は自由度が高いし、映像と事柄の間くらいを行って、俳句はかなり日常にある映像に寄せて作ってるとは思うんです。でも、どこかで短歌的な何かとちょうどミックスできたら一番いいなと思っちゃうんですけどね。

――今回は即吟の句会で、吟行や兼題の句会とは使う筋肉が違うように感じましたか？

村上　即吟や吟行はここで完成形じゃないから、何かでこれを発想の起点として使えるなっていう。要はメモ書きにメモ書いたくらいの感覚で作っている分にはすごくいいなって思いました。

神山　偶然がいい方に作用することを期待しているのもあるんですけど、この句会を即吟にしているのは、何より事前に作るとなると負担になるので、気軽に集まってもらう句会がいいなっていうのが狙いとしてはありますね。

村上　（事前に作るのは）それこそ『プレバト!!』とかの締め切りがあったら、いいワードが出たらとりあえず全部そっちに取っておきたいんです（笑）。でも自分の中で6割の状態のものを句会に持ってくるしかない、っていうのも失礼だし、嫌じゃないですか。だったらその場で作って、逆にここでできたアイデアを『プレバト!!』に持っていった方が物理的に得っていう。締め切りがかぶってなければ事前に作るのも全然いいんですけどね。

――そうやって毎回全力で取り組んでくださっているので、『プレバト!!』の炎帝戦もとりましたよね。俳句が上達している実感はありますか？

村上　数は作れるようになりました、圧倒的に。昔はほんと嫌だわ、って思っていたのが今はしんどくなくなったっていうか。鍛錬して慣れたというか。あと、一つのお題から違う言葉をいっぱい連想できるようになりましたね。

俳句を作る場所は？

神山　どこで一番俳句ができますか？　例えば電車の中とか風呂の中とか、蒲団の中とか。

村上　僕は基本、作ろうと思って作るときは喫茶店か家なんですよ。書き留めておくのは電車の中とかが多いです。本を読んでたり人の会話を聞いていて、「そのワードふつうに知ってたけど最近使ってなかったわ」とか出てくるじゃないですか。最近「読書灯」って言葉を見てメモりましたけどね。あと実感でいえば、『プレバト!!』によっておじいちゃん、おばあちゃんへの知名度がすっごく上がってますね。田舎に行くと「『プレバト!!』見てる」って言われるから。

神山　どんなことを言われるんですか？

村上　昔は「がんばってね」が、最近は「本当にうまいね」になってきて。名人10段までいくと箔が付いてきましたね（笑）。

神山　じゃあ不安は割とないくらいな……。

村上　それはあります！　結局ずっと分からないまま進んでるので。

神山　村上さんには連作を作ってみてほしいです。世界観が確立されてる方なので、例えば恋愛の句を20句とかって絶対需要あると思うんですよね。そういうのはみんな望んでるんじゃないかなと思います。

12

酒のアテを求めて西念寺

二〇二〇年一月

修行先

塵風句会

クリエーター中心の自由な会

山手線の鶯谷駅を降りて外国語が飛び交う喧噪を抜け、下町らしい細い路地を進むと、夏ミカンがいくつもぶら下がる大きな木が目印のように立っていました。東京・根岸にある西念寺というお寺です。

1月19日午後2時、本堂に集まったのは、実に27人。あらかじめ敷かれた座布団では足りず、人が来るたびに押し入れから出してきて、すき間なく座ります。その光景を眺めながら「今日は多いな。たぶん私も10人くらい知らない」とつぶやくのは、結社「麦」同人の斉田仁さんです。

斉田さんが主宰する塵風《じんぷう》句会は、毎月第3日曜に開かれます。この日は西念寺の住職であり、句会のメンバーでもある佐山哲郎さんが代表を務める月天《がってん》句会と合同で行うことになり、予想以上に人が集まりました。

ざわざわとした空気が一瞬だけ止まったのは、村上さんが現れたとき。早速、斉田さんの隣の特等席（といっても座布団）に案内されます。出句は当季雑詠で3句。短冊に書いて提

出したのは次の通りでした。（原文ママ）

冬北斗ハーゲンダッツ叩く匙
無印良品《むじるし》のマット立て掛けキムチ鍋
土鍋の蓋にみかんを置いてみてひとり

「いろんな職業の人がいる自由な句会って聞いてたから、他の句会だと俳句として成立してないかもな、っていうのをあえて出しました。短歌じゃないですけど、3つとも自分史にしてみたんです。それぞれ時代は違うんですけど、全部自分の部屋での夜の出来事なんですよ。昔、無印のマットを使ってたし、とか。冬に食べるハーゲンダッツうまいよな、とか」と村上さん。

塵風句会は中心メンバーである斉田さん、佐山さん、長谷川裕さんがもともと出版界でつながっていたこともあり、編集者や漫画家、画家、イラストレーター、テレビ局のディレクターなどクリエーターがたくさんいます。佐山さんは今でこそ僧侶ですが、実はジブリ映画『コクリコ坂から』の原作者でもあります。

「20代の終わりの頃に講談社の少女漫画の原作をやっていて、その中の一つなんだけど、問題は40年も前のものを宮崎駿が一生懸命読んでたってことですよ」

なんでも長野に逗留中の宮崎氏が、偶然本棚にあった『なかよし』を読んで『コクリコ坂から』を発見し、映画にすると決めたそう。その佐山さんが編集者の長谷川さんと知り合い、出版社と付き合いのあった当時銀行員の斉田さんと出会って、句会を始めたのがおよそ25年前とのことです。

句会の特徴は、点が入らなかった句も全部開けて（作者が名乗って）講評すること。

「みんな俳句の先生じゃないから。そういう人が集まって、少しずつ少しずつ積み上げてきた句会なんだよね。だからここで点が入るとか入らないとか、私はそういうことをあまり気にしない。どの句も絶対、何かいいところはあるから」と斉田さん。

この句会の目的は？　という質問には、「ない！　自由！　酒を飲みに集まってる連中がほとんどなんだ。私もそうなんだけどさ」と笑います。

189句の講評、3時間半

当日は新年会もあっての大所帯で、現場は最初からプチパニック。

「(短冊は)もう出ました?」

「まだー」

「おせーよ」

集まった無記名の短冊を元に、それぞれ手書きで全句を書き写すだけでも1時間が過ぎます。その中から1人7句ずつ選び、平成生まれの若い箏曲さんが全員の選をまとめて読み上げます。トータル189句の披講が終わると、誰からともなく「飲もう!」「もう開けなくていい!」「さすがに疲れる!」という声が。でも本番はまだまだこれから。斉田さんによる全句講評が始まります。

人気だったのは、吾郎さんの《ふかし芋人生たまにうまくいく》でした。

斉田 これが本日の8点句。こういう句会はね、点が入ったからいいのか悪いのか俺には判断がつかないけどね。これだけ(点を)取ったんだから、何かあったんだろう。

振り子さん、一つ（句評を）言ってください。

振り子　ふかし芋が実にうまい選択でした。人生たまにうまくいくのが一番喜ばしいと思います。

雪我狂流　ふかし芋がやっぱり効いてる。うまい！　焼き芋じゃだめ！

斉田　これはどなたですか。

吾郎　意外な吾郎です。

一同　お〜、回文じゃない！

吾郎さんは回文が得意（？）で、ほかに《寒暖差野辺の日延べの算段か》という句もありました。同じく8点句の《葱白く商店街の始まりぬ（篠）》は、村上さんも取りました。

村上　すごく明るい感じで、いいなと思いました。

斉田　ちいちゃな葱と長い商店街がだんだんと広がりを見せていくところがうまいと思うな。

なにせ数が多いので、斉田さんが「いつもはもっと丁寧にやるんですが」と断りながら、句会はテンポよく進んでいきます。村上さんの句は《冬北斗ハーゲンダッツ叩く匙》に1点、《土鍋の蓋にみかんを置いてみてひとり》に3点入りました。

長谷川　土鍋の蓋ってちょっとこう、凹んでるんだよね。たかつきの逆になったみたいな感じでさ。そこにミカンを置くっていう映像的なのがおもしろい。あと、そんなつまらないことしてみてる「ひとり」っていう収め方が、ある一つの境涯みたいなものと一緒になっておもしろいと思いました。

斉田　俺も取ったんだけど、男じゃないと分からないんじゃないかな。（作者は）どなた？

村上　村上です。

一同　お〜。

斉田　村上さん、大変失礼だけど、一人なの？

一同　（爆笑）

斉田　いや、男だって言ったから当たってよかったよ。

「隣で句会やってる人に、〝静かにしてください〟って言われたことあるんだよ。俺たちも句会やってるのにさ」と佐山さんが言えば、長谷川さんが「ここは学級崩壊みたいなもん」と続けるだけあって、塵風句会は終始にぎやかに進行します。

斉田さんの《連絡船に積む楽器函雪催《ゆきもよい》》という句には「カルロス性がある」と謎の句評が。佐山さんの《骨粉を掃き寄せてゆく冬の午後》には３点が入り、「業界俳句、業俳です」と佐山さんが答えると、どっと笑いが起きます。

１人３句しか出せないルールなのに、同一人物が別の俳号でたくさん投句していたことも明らかになっていきます。スタートからたっぷり３時間半ほどかけて、句会は終了。最後の講評が終わると、誰からともなく拍手がわき起こりました。

「大マラソン大会だね、これ」

「なんとか終わったよ」

「いやいやいやいやいや」

「感動した」

「足が外れそう」

そう言いながらみんながそそくさと用紙をしまい、それぞれ持ち寄ったお酒とつまみを机に並べ始めます。そんな現世《うつしよ》を、本堂にそびえる阿弥陀三尊がひたすら優しく見つめていました。

感想戦――自分はどんな俳句が好きなのか

大人数の句会には　キャッチーなワードを

――お疲れさまでした。

「自分の句が取られたい」って気持ちはいまだにあるし、「なるほど、そういう解釈があるんだ」とかみんなの句評が勉強になるんですけど、今回は終わったときの達成感が一番大きかったです（笑）。みんなそういう感じでしたよね。「みんなで終わらせよう！」っていう方に気持ちがいってましたね（笑）。

　でもそれはそれで楽しいというか、何か一つのことを終えたぞ！　っていう仲間意識だと思うんです。句会っていい俳句を見つけるためだけの場じゃない。句会自体を楽しむ、って考えたら、ああいう達成感はいいなって思いました。句会を終わらせたことによって、酒の場でその日の句をアテに飲めばいい。

　最初に行ったときは、お寺の雰囲気だし、結構年齢の高い方がいらっしゃって、格式ある感じかなと思ったんですけど、本当にいろんな遊び心にあふれてる俳句がいっぱいあったと思います。あの大人数の中で3句しか出せなくて、取られようと思うとみんないい意味でのキャッチーなワードを素材として使ってたじゃないですか。すごくいいと思いました。それ自体が俳句を高めることかは分からないですし、もっとどしっとしたものを作る必要もあると思うんですけど、こういうときに取られるためには、目に留まる引っかかりみたいなものがないとしんどいですよね。

僕が選んだ《ドブネズミに好きなどぶあり春隣（槙）》も、もしかしたら格式ある俳句の人は嫌がるかもしれないですよね。叙情的にかなり寄ってる。《かまくらは大人が来る前に潰せ（箏曲）》も、俳句じゃないって言う人はいるかもしれないけど、ちゃんとみんなに取られていくし。《うたたねの駅ひとつぶん春隣（たりえ）》《ふかし芋人生たまにうまくいく（吾郎）》とか、よかったですよね。うまい人しかいなかったんだろうな。

「ふかし芋」の句は、僕がもともと習っている描写、写生句かっていうと違うと思うんですけど、いろんな句会に参加すればするほど、そうじゃない句もたくさんあることが分かってくる。結局は、自分は何が好きかを見つけるべきではあるな、と思いました。

——斉田さんからコメントをいただきました。

何となく始まり、何となく20年近く続いて来た句会だから、特に指向しているものもない。しかし、時にまじめに議論し、けんかしている。

衆としての志向はないが、個としての志向はある。こじつけと叱られそうだが、芸人の道と似ているとも言える。

能因法師と藤原節信が、お互いの宝物を見せ合ったとき、能因は「長柄の橋のかんな屑」を、節信は「井出の蛙の干物」だったという逸話があるが、村上さんの句にも同様のシンパシーを感じた。

コラム　新年句会

題　季語「初笑」　字「恋」　テーマ「あいさつ」

シニカルに恋して笑って

新春の特別企画として、俳人の阪西敦子さん、連載にもたびたび登場する黒岩徳将さん、現役東大生の俳句エリート・岩田奎さんと席題句会を開きました。１００万部売れる句集が出たり、俳人がモテたりする時代の到来を祈念して、おもしろい題で詠むことに。岩田さんが季語、村上さんが字、黒岩さんがテーマで題を考えて、発表します。

黒岩　２０２０年の新年句会をやってみたいと思います。ではお題の発表です。

岩田　季語の題は〈初笑《はつわらい》〉。

村上　むずー！（字の題は）恋もいいなと思ったんですけど、唇と恋、どっちがいいかな？「恋」にしましょう！

黒岩　テーマ詠は「あいさつ」。あいさつっぽい俳句やったら何でも構いません。

ここから10分で、それぞれ作句に集中します。「あいさつ」に思いのほか苦戦する村上さん。「はい、もうすいません。無理で」と諦めかけると、阪西さんが「大丈夫、大丈夫」。「9回ツーアウトからが俳句です」と黒岩さんも励まします。3句ずつ、計12句が出そろったところで、短冊を回して選句しました。自分以外の句ならいくつ選んでもいい、というルールです。

黒岩 点数が高い順に並べていきます。3点（＝作者以外の全員が選んだ句）ありましたよ。楽しいですね。気分は新年ですよ、これで。

村上 これくらいスピーディーだと意外といいですね。いつも人数多いから。

阪西 負担ないですよね。

村上 責任感もないしね。

満点の3点句を作ったのは…

黒岩 3点句が2句ありました。《**初詣にて校長の後頭部**》。敦子さんいかがでしょう。

阪西 すでに景色がおかしいんだけど、「あいさつ」っていう題でこれが出てきたんですよね。恋じゃないよね？　それもあいさつだなっていうのがなお、おかしい。

村上 学校の先生に学校じゃないところで会うおもしろさと変な感じってあるじゃないですか。『サザエさん』とかでもあるじゃないですか、先生と初詣とかお祭りで会うみたいな。その先生の出し方が、校長っていうのもいいし後頭部っていうのもいい。

黒岩 校長と後頭部で韻を踏んでるのも楽しいし、「にて」がちょっとかしこまってますね。どなたでしょう。

岩田 岩田です。

黒岩 続きまして3点句、もう一句ありました。《**恋すてふ人の賀状を裏返す**》。敦子さん、村上さん、黒岩が取ってます。誰が作ったかも分かる。でもまだ名乗らない！

村上 これはなるほどな、と思って。年賀状を裏返す抵抗をしたところで何にもならないのに、何にもならないことが恋なんだっていうのは、合ってるなって思いました。

黒岩　今日イチでうれしそうな……（笑）。

村上　恋をしてる人間の動作の一つとしておもしろいですよね。

阪西　「恋すてふ」っていうのは自分が好きとかは関係なくて、その人が恋してるんだよって話?・なので同性の友達かもしれなくて。そんなもん年賀状に書いてこないで直接言いなさいよ、って感じもあるんですけど、先越されたというか「何なんだよっ」て感じがいいですね。

村上　恋の句はみんな義務で作るべきだと思います、俳人たちは。

阪西　お正月には恋。

黒岩　（作者は）どなたでしょう。

岩田　岩田です。

続く2点は「恋」の俳句

黒岩　2点はいろいろあります。これ、おもしろかったですね。**《セーターを伸ばして笑う恋人ら》**。正月の俳句だと思って読むと、初詣に一緒に行って、なんか楽しそうだなおまえら、っていう。簡単な今風で言うと「リア充爆発しろ」。

「恋人ら」って言うとちょっとぶっきらぼうな感じがして、俳句で「ら」を使うと取って付けた感があるんですけど、これはしっかり恋人が見えてきていいなと思いました。

阪西　やっぱり「ら」によって向こう側に置いてますよね。自分とは違う何か、みたいな。あっち側にいる何かっていう。気分いいとも悪いとも言ってないけど「あんまり気分がいいわけじゃない」ことが言葉遣いの細かなところで出てきてるのがおかしいです。ほんと苛つく感じがありますよね。まっとうな恋の句、出てこなかったな。

一同　（爆笑）

黒岩　ちょっとシニカルな。どなたでしょう。

村上　村上です！

黒岩　**《恋敵にもなる歌留多仲間かな》**。

村上　（漫画の）『ちはやふる』の世界ですよね。恋敵にもならないかもしれない何かの仲間なんていないから、当たり前のことなんです、たぶん。恋敵にならないような関係性の人はいない。でもこうやって言われてしまうとおもしろいというか、〈歌留多〉というものの世界観も見えてくる。

岩田 「にもなる」っていうのがバカバカしくてよかったかな、っていう風に思いました。それこそ百人一首だったら恋の内容もあるでしょうし、まさに『ちはやふる』が現実のことになってしまったかのような感じというか。巡って争ってる人もかるた仲間だといいですね。

黒岩 （作者は）徳将でした。書いた後に『ちはやふる』まんまだなって。めちゃくちゃ好きなんで、ついやってしまったかなと。

1点句は物語性がある作品に

黒岩 1点句、いろいろあります。**《分け前を決める山賊初笑い》**。

岩田 めちゃくちゃでしょ（笑）。〈初笑〉で、まず山賊の新年の句を見たことがないし、分け前を決めるときに「ガハハハ」って高笑いをするんでしょうね。新年に奪われた方もたまったもんじゃないと思いますけど、確かにフィクションの中では笑うけど、みたいな突っ込みどころを多分に残した感じっておもしろいなと思いましたね。

黒岩 うそも入ってるかな、と思わせるところが逆にいい。よく俳句はプラスの感情とマイナスの感情そのまんまだったらおもしろくない、って話も聞くんですけど、新年っておめでたい気持ちだから、プラスにプラスを重ねても結構おもしろいっていう。このガハハ感が。

阪西 ま、泥棒ですけどね。

村上 (作者は)村上でーす。

黒岩 **《好きだつた人の不運も賀状受く》**。

岩田 不運って何なんでしょうね。めちゃくちゃシニカルに取ったら、今の家族の写真があって「こんな人と結婚してたんだ」って感じにも読めるかなって。

村上 この「も」っていうのがどういうことだったのかな。

岩田 年賀状がたくさん配られてきて、その中に好きだった人からの年賀状もあって、っていう「も」。

村上 なるほどね。「離婚しました」ってのはないですよね、「子どもが生まれました」はあるけど。

黒岩 もうちょっと軽い……去年は骨折とかしちゃったけど、みたいな。展開がいろいろありました。

阪西　（作者は）敦子です。

村上さんが最後まで悩んだ「あいさつ」の句は《**あいさつをたぶんされてる店卸**》。店卸しをしてるときに声をかけられても振り返る暇がないし、その人を気にするつもりもないところが「ちょいひねくれです」（黒岩）。「〈店卸〉までいったのがすごかった、この10分で」（阪西）という評価でした。

新年句会を終えて

村上　楽しいもんですね。３句くらいで句会するっていうのも、意外と。

黒岩　そうですね、飲み会のついでにちょっとやるか、みたいなこともできるし。題がおもしろかったんじゃないですかね。「恋」が結構、いい句が出ましたね。

村上　みんな「恋」とか「君」とか遠ざけるけど、僕は絶対やるべきだと思ってるんで。名句になるかどうかは別にして。人を詠むのって難しいじゃないですか。

阪西　つまんなくなりますからね。

村上 だいたいありきたりになるからこそ。

黒岩 でもシーンとかカットを変えれば無限にあるんだな、って感じもしますね。

村上 今日はお三方に集まっていただいて、俳句は堅苦しいものじゃなくて、ただただ楽しい、熱くなれるものだっていうことが改めて分かりましたので、俳句いいなと思いました。まだやってないよって方がいたら、軽い気持ちでやってみてくださーい！

新年句会の動画はこちら

阪西敦子（さかにし・あつこ）

神奈川出身。結社「ホトトギス」「円虹」に所属。俳句甲子園の審査員を務める。42歳にして句歴はなんと35年。祖母の勧めで7歳から句作を始め、それが俳句雑誌『ホトトギス』の児童・生徒の部に投句されたことで「家族が写真を勝手に送ってデビューしたアイドルのように」俳句の世界に足を踏み入れた。

黒岩徳将（くろいわ・とくまさ）

神戸出身。２００７年の俳句甲子園に出場するも活躍できず、勝った人がみんなキラキラしているのを見て、「どうやったらあんな風になれるんかな」と思い卒業後も俳句を続ける。岡山で就職した後、日本中を俳句武者修行し、結社「街」を主宰する俳人・今井聖にほれ込んで関東に移住。オンラインも含め、月に15回ほど句会に参加。現代俳句協会の青年部副部長。

岩田奎（いわた・けい）

東京出身。２０１７年に開成高校の俳句部の一員として俳句甲子園に出場し、優勝。《旅いつも雲に抜かれて大花野》の句が最優秀句に選ばれた。現在は東京大学に通い、東大俳句会の共同幹事を務める。俳句同人誌『群青』に所属。２０１８年、第10回石田波郷新人賞、２０２０年、第66回角川俳句賞を受賞。俳句のおもしろいところは「作ってても読んでても、短いので飽きないところ」。

※プロフィールはいずれも取材時

13

二〇一九年四月

蒼海の一粟の上や鳥渡る

修行先

たんぽぽ句会

又吉直樹さんの師匠の人気句会

今回の舞台は、お笑い芸人で芥川賞作家でもある又吉直樹さんと『芸人と俳人』という本を出して話題になった堀本裕樹さんの句会。『芸人と俳人』は、堀本さんが又吉さんに俳句を教えた入門書です。


２０１８年1月には「蒼海」という結社も立ち上げた堀本さんが目指すのは、《蒼海の一《いち》粟《ぞく》の上《え》や鳥渡る》の一句に表される俳句。

「海原の中に一粒の粟が漂っている。それって俯瞰すると絶対見えないですよね。でも宇宙における人間ってそういうちっぽけで、淡く儚い存在。それを自覚しながら、自然を謙虚にとらえて俳句を作っていきたいなと思っています」


小説を書きたいと思っていた大学2年生のとき、サークルに入ったのが俳句との出合い。

「芥川龍之介とか夏目漱石とか泉鏡花とか、だいたい昔の文人は俳句を詠んでいたので俳句をやれば散文も磨かれるんじゃないかなと」

しかし角川春樹さんの結社「河」に入り、編集長になって真剣に俳句に向き合うと、その魅力が分かったと言います。

「すごく省略された中に、凝縮された思いとか風景とかが否応なく詰まってるんです。小説は時間をかけて読んでもらわないと相手に伝わらないけど、俳句って十七音をつぶやくだけで、相手の胸に届きやすい。十七音の言葉の矢をピッと放って一瞬にして心に刺さる、言葉の矢の伝わり方の速さ。速いだけじゃなくて、味わうごとに表している世界の深さが伝わる。そこもやっぱりすごい魅力だと思います」

そんな堀本さんが主宰する「たんぽぽ句会」は、平日の午後8時スタート。東京・下北沢のカフェで食事もできるという、仕事帰りでも気軽に立ち寄れるスタイルです。参加はウェブで申し込み、毎回、満員御礼の人気ぶり。事前に宿題のお題（＝兼題）を出して投句してもらい、当日それをまとめた用紙を配ります。

今回のお題は、路上などで水が遠くにあるように見えて、近づくとまた遠ざかってしまう現象〈逃水〉と、桜の咲く頃に急に冷え込む〈花冷《はなびえ》〉と自由題。提出は3〜5句で、村上さんは5句提出しました。（原文ママ）

花冷えのシンクにひとつマグカップ

染みは消えまだ濡れている春の服
トンネルの狭き歩道や暮の春
逃水やポケットに霊丸《れいがん》の指
消去法で笑って窓の花吹雪

自分の句を解説するも…苦戦

堀本さんと村上さんを含めた参加者22人がそれぞれ特選1句を含む5句を選び、披講するところからスタート。堀本さんの選には入りませんでしたが、参加者の人気を集めた句の一つは、朋代さんの《花冷や剝がされてゆく掲示物》でした。

五七 私が感じたのは、ちょうどこの時期なんで選挙ポスター。掲示物で伝えたいことが伝えきれたのか、伝えられないで終わったのか。そんな状況と〈花冷〉にすごくマッチを感じました。

堀本 いい解釈ですね。これ、村上さんも佳作で取られていましたか?

村上 あんまり人の句が分からないんで、「なんかいいな」でしか選ばないんですけど……。

一同　（爆笑）

村上　でも掲示物が剝がされていくっていう感傷みたいなもの、掲示物に興味はないけど剝がされるとようやく自分の考えが向く、っていう。その感じが春だけど少し寒い〈花冷〉っていう季語と合うなと思いました。

堀本　なるほど、いい解釈ですね。作者に聞いてみようか。

朋代　ありがとうございます！　幼稚園で働いているんですが、花冷えの頃に自分でいっぱい（掲示物を）剝がしたんですよ。ちょうど3月末とか春休み中とか掲示板がいっぱいだったんだけど、期限が過ぎて剝がしながら「花冷えだな」と思って作りました。

堀本　聞いてるといい句に聞こえてきたなあ。やっぱり佳作にします（笑）。

朋代　やったー！（笑）ありがとうございます。

堀本さんの句会の特徴は、句を作った本人に作品を解説してもらうこと。読み手の解釈にゆだねる俳句の世界ではヤボだと言われますが、「作った本人からしたらめちゃめちゃ気持ちを込めて作っているので」と堀本さん。これには村上さんも「すごくいいと思います。

だって言いたいですもん！」と大賛成。

というのも、今回は《逃水やポケットに霊丸の指》の「霊丸」、《消去法で笑って窓の花吹雪》の「消去法で笑って」などの意味が理解されず、なかなかの苦戦で――。

村上　「霊丸」って、『幽★遊★白書』という漫画の主人公の必殺技があって、そのときに指で銃を作るようにするんですけど、男の子とかって大人になってもいまだに何か漫画の必殺技を出せるんじゃないかと思うじゃないですか。まあ出せないんですけど、僕はやるんですよ。ポケットの中だけでちょっとこう、霊丸の指を。それをやってると、世界から切り離されて主人公になれた気持ちになるんですよ。それが〈逃水〉という幻想的なものと合うかな、っていう感じで作ったんですけど。

堀本　ほんと、男の子ですねえ（笑）。僕ね、ジョジョ句会っていうのをやったことあるんです。それは『ジョジョの奇妙な冒険』が25周年を迎えたときに、何人かで集まってジョジョを題材にして句会をやったんです。特殊なある種の用語っていうのは、その世界を知らないとなかなか通じないから、「幽★遊★白書句会」だったらこの句は特選かもしれない。

一同　（笑）

村上　そうですね。歴史的な用語は許されているのに、漫画とか、現代のものは許されないのはちょっと癪だなと思ってるんです。《消去法で笑って窓の花吹雪》は「消去法で笑って」だけが言いたかったんですよ。

一同　（笑）

堀本　どういうことですか？

村上　人に何か言われたときに、怒るでも悲しむでもなく笑うしかないときもあるな、と思ったんですよ。そういう笑顔もあるな、って。「消去法で笑う」ことがすごく気に入っちゃって。ごまかしてるのか（周囲と）合わせて笑ってるのか、判断は任せる感じですけど、それだけが言いたいから後は取って付けた何かっていう。それが桜であれば場違いな美しさだったんですが、自分でもどうかなとは思いました。

堀本　今お話を聞いて情景が分かりましたね。なるほど、おもしろい句ですね。

又吉さんと本を出しているからか、堀本さんの句会にはお笑いが好きな人や、『プレバト!!』を見て句会に参加したいと思った人が多く、あいさつ句がたくさん投句されたり、村上さんが発言するたびに笑いが起きたりして終始なごやかな雰囲気でした。

　しかし結局、村上さんの句で選ばれたのは、堀本さんの佳作になった《トンネルの狭き歩道や暮の春》と、秀逸になった《花冷えのシンクにひとつマグカップ》のみ。

「みなさんが僕の句を取ってくれなかったことだけは忘れないでいようと思います！」と村上さんが毒を吐いてもうひと笑い誘ったところで、句会はお開きとなりました。

感想戦——堀本さん対談・美しいだけじゃない世界を詠みたい

物語が広がるおもしろさ

——お疲れさまでした。村上さんの句の印象はどうでしたか？

堀本　佳作に選んだ《トンネルの狭き歩道や暮の春》の句は、「狭き歩道」の発見がよかったですね。晩春のちょっと孤独な旅人が、トンネルの中の歩道を黙々と歩いている姿が見えてきました。

《花冷えのシンクにひとつマグカップ》の句は一番整っていて、一人暮らしの寂しさみたいなものを感じたんですね。シンクにマグカップがぽんと一つ置いてある。まだ洗ってない感じがあって、そこにすごく寂しさを感じて。シンクとマグカップって外来語が2つ入ってくると散らかったりするんだけど、一句の中でよく収めたなと思いました。流しじゃなくてシンクの方が花冷えの「冷え」が伝わってくる感じがするし。その辺の言葉の気遣いっていうのも感じましたね。

村上　僕も一人暮らしですけど、台所って家族の中ではむちゃくちゃ温かい象徴なのに、だからこそ一人暮らしになった瞬間に「なにこれ」っていうくらい寂しいものに変わる。「マグカップ」が自分の中では迷いました。同棲してた人が一人いなくなった感じもある、そうすると言い過ぎてる感もあると思いながらも、って感じでしたね。

堀本　他に候補はあったんですか？

村上　言葉がきれいじゃないんですけど、カップラーメンの容器とか。あとは、考えるのを諦めちゃったんですけど、恋をにおわせるのであればイニシャルが入っている茶碗とか、一緒に作りにいったとか。それは俳句では収められないので、短歌的な感覚ではあるんですけど。

堀本　今のお話を聞いて、やっぱりマグカップがしっくりくるような気がしましたね。イニシャルが入ったのは、短歌に回された方が落ち着くと思いますね。

——村上さんがステップアップするために何かアドバイスはありますか？

堀本　そんな偉そうなことは言えないですけど（笑）。逆に村上さんがどういう句を作っていきたいとか、こういう風に磨きたいとかありますか？

村上　句会に参加してきて、俳句に限らず、短歌も詩もいろんな人がおもしろいかもな、と思える世界観がいいなと思うんです。そういうときに、今回の「霊丸」とか「消去法で笑って」が俳句としてそんなによくないなっていうのは分かるんですけど、でも公式の場で出していって、いつかそのちょうどいいバランスのところに行き着けたらな、っていう風には思います。

　短歌では主観というか、感覚的なものがかなり許されると思うんですけど、俳句だとすごく難しいなって思っちゃうんです。《花冷えの夜に自転車のよこたはる（由希）》という句で堀本さんも今日、「なんで花冷えの夜に自転車が横たわっているのか一切述べられていないけど、そこを想像して読み手が物語を作っていく楽しさがある」っておっしゃっていましたけど、物語が広がるおもしろさがあるから、きれいなだけじゃないものが入れ込めないかな、って思っているんです。

堀本　そこが村上さんの挑戦ですね。いいバランスで、いい感覚で落ち着いて表現できるようになれば、それが村上さんの句になってくるから。今お話を聞いて、村上さんの攻めていく姿勢――「俳句でここを詠めたらかっこいいのに」「また別の広がりができるのに」という部分を目指していってほしいなと思いました。

陰っぽいものが人を引き付ける

――「きれいなだけじゃないもの」を詠みたいと思う理由はなんですか？

村上　もともと短歌から入ってるからだと思うんですけど、「僕の周りは美しいだけですよ」って世界は誰のことも引き付けられないじゃないですか。この人にはこんな弱さもあるとか、醜い部分があることを露呈していくから、人は「この人の話なら聞いてみたい」と思うのが小説や短歌にはあるなと思うし、だから僕は好きなんですけど、俳句にもあると思うんですよ。人が見過ごしてしまうものとか、少し斜めから見ることに詩があるっていうか。マイナスって意味ではなく、陰があるって意味ではなく、例えば葉の裏側を見るってふつうの人にはない感覚を俳句が広げてくれる。俳句を目指して、美しい世界をなぞってるだけって、少し寂しいじゃないですか。若者がもっと俳句に来るには少しそういう陰っぽいものがある方が僕は魅力だな、って思っちゃうかな。

堀本　もともと和歌は雅なものだったんですね。でも俳句は、昔は俳諧って言ってたんだけど、俳諧は和歌の、雅なものに対する鄙びであり反措定で生まれたようなところがある。だから「聖と俗」でいったら俗の特性の方が強いんですよ。でも、なぜか知らないけど、俳句を知らない人に「作ってみませんか」って言うと、「いやいや私なんかそんな雅な世界は詠めないですから。そんな素養ないですから」って言う人がほとんどなんです。そうじゃないですよ、と。俳句っていうのはもっといろんなものを飲み込んで、いろんなことを詠んでいいんだと。今日、糞って言葉が出てきたでしょ（《血と糞とポマード匂ふ闘鶏師［五七］》※堀本さんの特選）。もし俳句が美しいだけの世界だったら、絶対糞なんて詠んじゃダメなんですよ。でも全然詠んでいい。いろんな言葉を取り込んで、その人の俳句にしていけばいいと思います。村上さんだったら村上さんの句に、詩にしていくのは、すごくいいことだと思うし、それを見た俳句を知らない若い人が、こんな詠み方もある、こんな広がりもあるっておもしろがる人が増えるかもしれない。そういう世界の広がり方って僕はとてもいいなと思います。だから村上さんのその挑戦は続けてほしいですね。

二〇一九年九月

14

歌人が俳句をたしなむ理由

修行先

真空句会

体に良い句、悪い句とは

「歌人がやっている句会がある」とのうわさを聞きつけて9月15日にやってきたのは、東京・西日暮里にある喫茶店の一室。ここで歌人の堂園昌彦さん、俳人の小川楓子さん、生駒大祐さん、大塚凱さんによる企画集団「真空社」が主催する「真空句会」が、不定期で開かれています。

真空句会が始まったのは２０１８年春。堂園さんが俳句に興味を持ち、古本屋で見つけたアンソロジーからおもしろいと思った句を引用してツイートしていたところ、友人の小川さんから「勉強会とかやりませんか」と誘われたのがきっかけです。

「やるならゴリゴリにやろう、ということで俳句の歴史を全部教えてください、って言ったんですね。そしたら詳しい人を連れてくる、ってことで生駒さんと大塚さんを連れてきて、じゃあ句会もやってみようということで始めました」

俳句は「外国人観光客」として隣の国を訪れるような気持ちでやっているという堂園さん。

「隣の国だからすごく親しい気持ちもあるんですけど、やっぱりルールが全然違うので、いちいち〃食べてるものが違う！〃とかで驚くことが多いんですね（笑）。でも分からないところを２人に聞いていくと、よく分からないルールで動いてる別の国だったのが、ここにも一つの通底する美意識がいちいち働いていることが分かって、めちゃめちゃおもしろくなったんです」

そんな堂園さんの影響を受けて、生駒さんも「歌人が句会に加わることで、〃これはこうだよね〃っていわゆる暗黙知みたいに思っていたものが、〃実はおかしなルールだよね〃って可視化されるんです。なので、俳人にとっても有意義な場になっていると思います」と話します。

メンバーはツイッターやメルマガで毎回募集をかけていて、俳人も歌人も初心者も、川柳をやっている人が来たこともあったそう。今回は村上さんの他に真空社の３人（小川さんは欠席）と俳人・歌人５人の計９人が参加しました。

事前に３句を提出することになっていて、テーマは「体に良い句」と「体に悪い句」、そして自由題でした。ちなみにテーマの解釈は自由。村上さんが提出したのは次の通りです。

（原文ママ）

体育祭前夜の鏡磨きけり　**（体に良い句）**
ピアノとして閉じ込められた楓かな　**（体に悪い句）**
繋ぐ手と手から溢《こぼ》れる秋夕焼　**（自由題）**

干し柿をくれる手相!?

作者の名前を伏せて句だけをまとめた紙が配られ、その中から特選1句を含む3句を選び、句会がスタート。選が分かれ、3点を取った《灯を消して葡萄が紫とわかる》が最高点でした。進行は前回の句会で最高点を取り、「九代目真空」になった西生ゆかりさんです。

西生　特選でお取りになった堂園さん、どこがいいと思いましたか？

堂園　葛原妙子の短歌で《口中に一粒の葡萄を潰したりすなはちわが目ふと暗きかも》っていう歌があるんですけど、葡萄っていうのが、よく分からないんですけど内省的なところを促すような果物の感じがして。紫って色も相まって、暗くなってむしろ本質が分かる、みたいなところが視点としておもしろいと思いました。

相田奈緒　灯りを消したときの方が割と色が分かる、ってところが葡萄を単純に食べ物としてじゃなくて物質的にとらえている感じがして、その感覚にひかれました。

村上　テレビで見た好きな話で、黒い染め物の人が「黒が2つあったら、より黒い黒以外は黒じゃなくなる」みたいな話があって。この句を見て、それだと思って映像が浮かんで、よかったです。

生駒　僕は単純に、なぜ灯を消せば紫になるのか分からなかったです。弱い灯しの方が色がより分かる、っていう句なのか。それだと「灯を消して」っていうことにはならないので。

大塚　そもそもリアリズムではない気がして、かなり心象的なところを含んでいる句なのかなと僕は読みましたね。《黒きまで紫深き葡萄かな》って正岡子規の句があると思うんですけど、あれはかなり物質的に見ている目線だと思うんですけど、この句はむしろそれを引きずりながら、心象の方にずらして書いたみたいなタイプの句なのかな、っていう解釈をしました。

西生　どなたの句でしょうか。

神山刻　刻《とき》です。これは夜食的な意味で、「体に悪い句」で作りました。食べたくなってくるという意味ですね。

同じく3点を獲得したのが、クズウジュンイチさんの《さるすべり顔は麻酔に膨らんで》と西生ゆかりさんの《干柿をくれる手相も観てくれる》。〈干柿〉の句は、「を」と「も」で議論が盛り上がりました。

寺沢かの 読んだときのリズムがすごく好きだなと思って。知り合いのおばあさんか誰かに会いに行ったら干し柿をくれて、手相も見てくるっていう感じがしておもしろいと思いました。

クズウ 対句で書かれているであろう、とは思いました。「くれる・くれる」で韻があって、干し柿の「干」の字と手相の「手」の字の文字上の近似も効果があると思います。ただ逆に、対句でなくて「くれる」が連体形で後ろにつながっていって、「干し柿をくれる手相」っていう、人にものをあげやすい手相があって、そういう手相すら見てくれるよ、って入れ子構造にかけてるような読み方をするとなお、おもしろい。

村上 ほのぼのしてるっていう情景としても、リズムとしてもおもしろいですよね。むちゃくちゃ深読みっていうか、僕的な読み方をすれば、どちらも迷惑にも思える。干し柿をもらってもな、って思うし、手相も勝手に見なくていいんだけど、とも思うっていうのがいいなと思いました。

一同 （笑）

クズウ 言いそびれたけど、「手相も」がよかったのか。「手相を観てくれる」の方が、対句としてはきちっとはまったかなって気もする。「も」を入れちゃったから変な物語性っていうか、最後にコショウを振ったら多すぎちゃった、みたいな感じがするので、「手相を」できちっと対句にした方がよかった気がしなくもない。

西生 でも、「も」の方がありがた迷惑感が出る。

生駒 「を」より「も」の方が結果としてよかったんじゃないかと思いました。「を」の方が対称性はできるんですけど、そうすると並列になりすぎて同じ人がやったってことが言えなくなっちゃいますよね。一方で悪いところが、ちょっと「も」に理が付くっていうか、すごく意味が出るんですよね。村上さんがおっしゃった「イヤイヤ感」が出るんですけど、それが言い過ぎって解釈の人もいるだろうなって。ちょっと意味合いが強すぎて僕の俳句的には受け入れにくいです。

他にも《ちゃんこ番の隠れポテチや十三夜（寺沢かの）》《空咳や夢に酢橘を置き忘れる（堂園昌彦）》《水呑めば秋の渚を痩せてゆく（大塚凱）》《六波羅探題跡露がみな縦に落ち

（生駒大祐）》など、それぞれがユニークな解釈で作った「体に良い句」「体に悪い句」が出そろいました。

村上さんは……というと《体育祭前夜の鏡磨きけり》に1点が入ったのみ。

「明日イベントがある前夜の、微妙な心持ちと鏡が響く」

「体育祭が好きなのか嫌いなのか、伝わってこない感じがいい」

との評価でした。体に悪い句として作った《ピアノとして閉じ込められた楓かな》は、いまいち意図が伝わりきらなかったようでした。

感想戦 —— 真空社の3人と座談会・俳句って何だろう

テーマが難し過ぎて

——お疲れさまでした。「体に良い句」「体に悪い句」というテーマがおもしろかったですね。

村上　めちゃくちゃ難しかったですね。《ピアノとして閉じ込められた楓かな》の句は、「楓はきれいだな」でいいのに、材木としてピアノに閉じ込められたっていう。そんなことを考えるのって、不健康じゃないですか。坂本龍一さんのドキュメンタリーを見ていたときに、震災で壊れたピアノを見て、「ピアノとしては壊れてるんですけど、これどっちなんだろうね、木は本来の力に戻ろうとしてるのかもね」っていうようなことを言っていたのでそれを俳句でやろうとしたんです。

生駒　発想の中心はおもしろそう。それを言いおおせたらすごい。

村上　自分じゃテーマにしない題がある方がいいですよね。僕やっぱり、毎月句会をやらせてもらってるのと、俳句の番組に出てるので、自分から俳句とか短歌を作る気持ちにならないから、「マジで自由」ってなったときに何から手を付けるんだろう、っていうのは思っちゃいますもん。

堂園　でも正直、歌人的には真空句会はテーマが難し過ぎて、すごく嫌になるんですよ。ふつうに季語を使って俳句を作るだけでも難しいのに……。だから、だんだん歌人の参加者が減ってるんですよね（笑）。生駒さんとか大塚さんとか、もう飽きてるから余裕のある神々の遊びみたいな感じなんですけど、我々初心者はもうちょっと簡単な題がいいなと思っています。

一同 （爆笑）

生駒 もっと意味が分からないものも過去にあって。「マーブル状の句」とか。

大塚 僕が出したやつで、「すでにある句を想像した上で、その句の5秒前と3時間前と12時間後の句を書いてください」みたいな。でも時間の動きっていうのは、「一句を踏まえて」っていうのが本質だったかなと思っていて。そこのにおいっていうか、香り付けがなんとなくある。それを借りて書き続けていく、みたいな。波が波を追うじゃないですけど、それをある意味で可視化したいところがあって。

生駒 「俳句って何だろう」ってところをどんどん重ねていった末に抽象的な題になったり、メタ的な題になったりっていうのはウチの句会多いですね。

堂園 でも句会に出るとそういう理解が進む気がしますね。一人で本や俳句を読んでるだけじゃなくて、いろいろごちゃごちゃ言い合って、2人の言ってることを分からないなりにも聞いていると、ちょっと俳句分かったかも、って思っておもしろいですね。

村上 毎月句会に参加してるんですけど、いつもに増して、舌戦に対してすっごい見えない戦いみたいな状態のときがありましたね、今日。お二人の考察がすごいところに行き過ぎてて、「何しゃべってるんだ」ってなったときがありました、一瞬。でもそれが僕はおもしろいんですよ。なんだか分からないけど聞いていたいし、聞いていられるんですよ。

堂園　私と村上さんはたぶんちょっと近いんですよね。そんなに俳句っていうところで自分を作っていないので、やっぱり分からないことも多いんですけど、何か根拠があって言ってるな、ってことは分かるんですよ（笑）。

季語の歴史、蓄積を読む

——確かに今日はみなさんの読みがすごくて、俳句は作り手ではなくてむしろ読み手のもののようにも思えました。

村上　僕が俳句も短歌も両方やってみて思うのは、俳句って季語自体が歴史を持ってるじゃないですか。今までこう使われてきてる、っていう文化みたいな部分を背負ってるので、例えば同じ〈雪〉を短歌で使ったからって俳句のようには誰も思ってくれない。そういうのはおもしろいなって思います。

生駒　村上さんがおっしゃったように季語は歴史性を背負ってる部分があって、それは〈桜〉とか〈花〉って言葉を使えば、過去の桜とか花の句が連想されてそのイメージも重ね合わさって、句が大きく見えてくるっていうのがあります。あとはすごく省略されているので、暗に読み取るっていうのが俳句のメカニズムに入っていて、ふつうの十七音より広がって、余白があって読めるところがあります。

大塚　一言に対して、江戸以来の蓄積みたいなものがその中に入っているというか。今回の句会も「誰々の句のにおいがするよね」って話があったと思うんですけど、そういう香水みたいなものを言葉にまとわせながら、その力を借りて少ない言葉で書いているところがあります。そういう意味では、文脈とか背負ってる蓄積をある程度仕入れた上で書き出さないといけないので、今だけじゃなくてこれまでをだいぶ読まないといけないというか、そういう力を借りて僕らも日ごろの一句一句を詠んで、鑑賞しておもしろがってるところがありますね。

堂園　私がこの1年半くらいで俳句を学んで思ったのは、もともとこういうのが表したい、と思って俳句の器に入れようとするとやっぱり小さいんですよね、どうしても。そうじゃなくて村上さんがおっしゃったように、季語自体にずっと歴史があって、単に〈虹〉とか〈秋〉とか〈桜〉って言っただけでもそれは後ろに1000句くらいあるんですよね。

短歌だったらその一つの言葉が単に〈虹〉としか機能しないんだけども、俳句はその言葉の一つにデータベースが全部タグ付いて紐付いてるんですよね。一語の〈虹〉としか書いてないんだけど、実際には何万字分もの情報量が入っていて、それを読み取っていくうちに、こういう言い方もできるとか、単に石を掘っただけなのに角度を変えるとちょっとずつおもしろい、みたいなことがいろんなところで発生するんですよ。

短歌はどうしても自分の物語というか、自

分が作る感情の揺れとか、自分が作っていく特殊なシチュエーションの心の動きようを「七七」があることで表せるんですけど、俳句でそれをやるには器が小さすぎるから、まず言葉があって季語があって切れがあって。散文だと「これって関係あるんですか、ないんですか」ってハッキリしないと読めないことも、俳句の場合は「あるけどない」みたいなこともできるんですよね。

　昔はこういう俳句があったからこれはこういう意味なんじゃないかとか、最近こんな出来事があったからこんな意味なんじゃないかって、いろんなところで作っていけるところが、短いけれども豊か、みたいなところにつながっているんじゃないかと思います。

歌人と俳人は違う

——俳句をやっていて短歌に生かされることはありますか？

堂園　生かされないです。生かさない、ってところが大事だと思うんですよ。やっぱり歌人と俳人は違って、短歌が得意な人と俳句が得意な人は違って、どっちかしかできないと思うんです。ただ隣だからおもしろいし、参考にはなるけど、生かそうとするとよこしまな感じがしてあまりよくないなと思って。

大塚　たまに歌会に遊びに行くんですけど、影響は受けてると思いますけどね。僕も口語活用で俳句を書いていて、蓄積って点では短歌の方が口語の歴史が分厚いので、それを聞きに行くみたいな思いはなきにしもあらず。

でも学んで吸収できることはあるんですけど、それを使おうと思った瞬間に歌会自体がおもしろくなくなる。だからあまり欲は出さない方がいいです。

生駒　僕の解釈では「五七五」と「五七五七七」って近い文芸なのに、どっちも大成した人がいないとか、融合しなかったのには理由があるはずで、本質的に何か違うものがあって、生かそうというか交ぜようとすると濁っちゃう。そういう意識はすごくありますね。

堂園　そう思って初めて俳句がおもしろくなってきて、解像度が上がった感じがしたんですよ。昔は参考にしようとか、短歌の延長で俳句をとらえてたので、全部ぼんやりとしか見えてなかったんですけど。俳句には全然違うルールがあるんだってことが分かった瞬間に、ぼんやりして見えなかった抽象画に全部意味があるように見えてきた気がしました。それ自体をまずおもしろがった方が、そのときがおもしろくなる。純粋に楽しみたいんです、俳句は。

15

俳句のもと「連句」

二〇二〇年二月

修行先

連句ゆるり

空飛ぶスパゲッティ、鳴り響くディジュリドゥウ

「村上さんってどんな人なんだろう、ってウィキペディアとかで調べて、だいたい『性格がすごく悪い』っていうのが出てきて、どうしようと思ってました」

第一声で場の笑いを誘ったのは、連句会「連句ゆるり」を主宰する高松霞さん。連句団体「草門会」に所属し、連句を盛り上げようと奮闘する若きリーダーです。

連句とは、五七五の発句に別の人がそれをよりおもしろくするような「七七」をつけて、さらに別の人が五七五、七七……とつなげていく集団文芸のこと。かつては戦国武将が武運を祈願して奉納したり、江戸の庶民の遊びとして広まったりしましたが、明治維新後、西洋から「個を尊重する文化」が入ってくると連句は廃れていったといいます。この連句から切り離されて生まれたのが俳句や川柳です。

高松さんは最初、10代から結社に所属して短歌に取り組んでいました。

「でも新人賞の最終候補にひっかかるようになり始めてから、だんだん書けなくなってるこ

とに気付いていたんです。それでもなんとかがんばりたいと思っていたときに、だめ押しで東日本大震災があって……自分にはもう何もできないと」

そんなとき、連句の存在を知って「誰かと一緒ならできるかもしれないと思った」。連句会に参加してみると、締めくくりの句である「挙句《あげく》」に、《霞の中を走るマラソン》と付けてくれた人がいました。

「私の名前を入れてくれたんです。『霞さん、今日はお疲れさま』って。短歌とか俳句って個人創作で、一人で完結するじゃないですか。でも連句は誰かの反応が返ってくる。共同制作だとこういうことができるんだ、と思って勉強し始めたのがきっかけです」

「連句ゆるり」という会を始めたのは、その翌年の２０１２年。名前の通り、ワークショップを交えて連句を「ゆるく」学ぶ会で、ふつうはおよそ半日かけて36句作るところを2時間12句に凝縮し、エッセンスを伝えています。１００も２００もあるというルールも、ここでは「打越《うちこし》をしない」「うまい句を作らない」「みんななかよく」の３つだけ。「打越」とは、2つ前に出た句と連想がかぶることです。

「連句は常に新しい言葉を出して、前に前に進んでいく文芸なので、同じ言葉、漢字、数字、フレーズ、情景は二度と使えません」

今回はこの独特のルールに、村上さんが苦しめられることになりました――。

いよいよ連句会がスタート

集まったのは、高松さんと村上さんの他に、俳句歴7年のさとう独楽さん、連句ゆるりに参加するのは3回目という本郷さん、「日本橋句会」や「真空句会」にも登場した俳人の大塚凱さん。5人で12句を作り、一つの物語を完成させます。まずは1句目の発句を、高松さんが出しました。

発句　**惜春やゆっくり街の書店まで**　**高松霞**

高松　この句が、私からみなさんへの「こんにちは」のあいさつの句なんです。それに対して、七七でそのまま素直に「こんにちは」で返してください。みなさんの句で一番よかった句を取りますので、短冊に書いて渡してください。どんどんボツにするので、どんどんください。季語は「春」です。

さとう　七七にも季語を使わなきゃいけないんですね。

《春の陽ざしの追ひかけてくる（さとう独楽）》という句には「発句に春って言葉を使っているので、もう使えない」、《手にたずさへしチューリップかな（同）》には「切れ字（や・かな・けり）は使えない」と高松さんがコメントし、連句ならではのルールがだんだん分かってきます。みんなが続々と句を出す中、苦戦した村上さんはようやく《巣箱の位置にどらえもんいる》という句を出しましたが、「2句目にいきなりドラえもんはつらい」とボツに。高松さんが選んだのは本郷さんの句でした。

2句目　**忘れな草で作ったしおり**　**本郷**

高松　私の「こんにちは」に本郷さんが「こんにちは」で返してくれました。これだけでは話が終わってしまうので、3句目は「それはそうと、こういうことがこの間あったじゃないですか」って割り込んできてほしいんです。1句目、2句目とは全然関係ないことを五七五で言ってください。季語は入れても入れなくてもいいです。

《火曜日にスノードームを捨てました（村上健志）》《脳みその画像に黒い点があり（本郷）》

《ディジュリドゥウ持ちたる男通り過ぐ（さとう独楽）》などの中から高松さんが3句目に選んだのは、村上さんの服を見てひらめいたという、大塚凱さんの句。それを受けた4句目は、村上さんの句が採用されました。

3句目　**ジャケットの裏地が白い心電図**　大塚凱
4句目　**吊るされているおもちゃのダンプ**　村上健志

高松さんのように、参加者の句を決定していくリーダーを「捌き」と呼びます。捌きはまず、「おもしろい句か」「（打越などの）障りがないか」を見る、と高松さんは説明します。「どのような句をおもしろいと思うかは捌きによるので、度量によって作品の質が変わります」

ちなみに高松さん自身は「詩的かどうか」で判断しているとのこと。「おもしろいけど障りがある」場合、作者に直してもらったり、参加者と相談したりして進めていきます。「だんだん怪しい物語になってきた」と笑いつつ、高松さんは5句目にさとうさんを指名して、「秋の月」で五七五を作ってもらいました。

5句目　**満月に有刺鉄線伸びゆける**　さとう独楽

高松 連句では5句目あたりに「月」、最後から2句目に「花」を出すことが決まっています。四季でいうとお月見とお花見が日本の心だということで、ここで月を愛でるんです。その次の6〜8句目では、「恋」を詠みます。恋の物語は1句で捨てず、3、4句つなげます。「世界の物事をすべて詠む」という気持ちがあるので、神様、仏様、時事、地名、人名、スポーツ、酒、食べ物、虫、鳥も入れていきます。特にお酒と食べ物はどこかで入れてください。

村上 このテーマを入れてる句を作って、消していくって感じですか？

高松 そうです。お酒と食べ物は絶対出さないと、終わってから「酒飲んでないぞー」って言われる。

大塚 なんでポイントを稼いでいくみたいになってるんだろう？

村上 それが粋なんでしょうね。ロールプレイングゲームみたいな。これをやらずにクリアするのはイージーモード、みたいなことなんじゃないですか。

6句目は恋をテーマにした「秋」の七七で、大塚さんの句。7句目はやはり恋の無季（＝

季語なし）で、さとうさんが前に出した《ディジュリドゥウ持ちたる男通り過ぐ》が採用されました。「ディジュリドゥウ」とは、オーストラリアの先住民の楽器のこと。これで、テーマの中の「地名」をクリアしたことにします。

6句目　**君の砧《きぬた》で殴ってくれよ**　**大塚凱**
7句目　**ディジュリドゥウ持ちたる男通り過ぐ**　**さとう独楽**

高松　（8句目は）もう一句、七七で恋ですね。季語は夏。
村上　恋じゃないかもしれないですけど……すいません。
（《かなぶんはたく時は左手》の句を出す）
高松　あー、（6句目に）「殴ってくれよ」があるから「はたく」は使えない。これが「打越」ですね。　**※打越＝2つ前の句と連想がかぶること**
村上　はあ〜、打ち越してるやーん。
高松　凱さんの《感染《うつ》ってしまうほど蚊帳の中》ってエロいなー。
大塚　時事です。
村上　（前の句で）男が出たから、もう女はダメってことですよね？

（《雷色のリップの女》の句を出す）

高松 隣の句なので大丈夫です。打ち越してないので。

村上 打越むずい……。

最終的に「時事になる」という理由で高松さんが選んだのは、本郷さんの《森林火災の後の虹橋》でした。恋が終わって次の9句目は「神様」を詠み込んだ結果、またも本郷さんの《フライングスパゲッティ教通話料》になりました。

8句目　**森林火災の後の虹橋**　**本郷**
9句目　**フライングスパゲッティ教通話料**　**本郷**

高松 フライングスパゲッティ教って、本当にあるんですか？

本郷 フライングスパゲッティ・モンスター教（もしくは空飛ぶスパゲッティ・モンスター教）ですね、正確には。

高松 どういう宗教ですか？

本郷 インテリジェントデザインに対する反抗したインターネットミームって感じ。

高松 全然分からない（笑）。

本郷 ちなみに、電話の通話料を下げることを教義にしていると言われています。これ、（テーマの中の）「食べ物」でもいけるんですか？ スパゲッティやヌードルが聖なる食べ物とされています。

連句も終盤、ダメ出しの連続

高松 食べ物いけますね！ 次の10句目は春です。ここから春が3句続きます。（残っているテーマの中から）「虫」とか「鳥」とか出しやすいのかな？ 凱さん、ウグイスの句が2つ出たんですけど、どっちがいいですか？《またうぐいすのマネきかされる［村上健志］》と《春告鳥のかしましきこと［さとう独楽］》

大塚 鳥だと、（8句目の森林火災の）森と（発想が）つかないですか？

村上 鳥で森とついちゃうんだ……。

高松 私が鳥って言ったばっかりに！ 申し訳ない！ では村上さん、ウグイスではないマネに直してもらえますか？

本郷 ウグイスとか鳴き声のいい鳥を出しちゃうと、7句目のディジュリドゥウとも近くないですか？

高松　あー！

村上　もうやめましょう、許してください。僕が悪かったので。じゃあ、《かわずのマネすコンパの幹事》。

本郷　それだとまた恋愛っぽくなっちゃいませんか？

村上　あー、もうごめんなさい。許してください。

大塚　スポーツを入れるとか？

村上　なるほど！　《かわずのマネのバレエダンサー》だと何かとかぶってきますか？　ディジュリドゥウがすぐかぶってくるんで。

大塚　強いですからね。でも、バレエはスポーツじゃない。

村上　じゃあ……《かわずのマネの元モー娘の人》……。むちゃくちゃだ、もう。（みなさんが）出してください。

高松　村上さんはゲストなので、11句目の「花でお酒を飲む句」を先に考えていてください。一番目立つところなんですよ。「花を持たせる」って、ここから来てるんです。みなさんはフライングスパゲッティ教に続く七七を何とかしてください。

村上　何とかしてください！　すぐ打ち越しちゃうんで。打ち越したくない！　怖い！

打ち越してないか調べるアプリがほしい。

村上さんが迷走を重ねた10句目は、大塚さんの《外野手が初蝶と親しむ》に。それを受けて11句目を任された村上さんは次のように詠みました。

10句目　**外野手が初蝶と親しむ**　**大塚凱**
11句目　**ひとひらの花酒瓶で狙い打つ**　**村上健志**

高松　いいじゃないですか！　きれい！

村上　「打つ」と「外野手」がつながってていいですよね。

高松　きれいだと思います。こういうのを「摺《すり》付け」っていいます。

※摺付け＝前句に呼応する言葉をつけること

村上　摺付けたよ。やった、摺付けクリアしてるやん。

12句目の挙句は「めでたくパッと終わる感じで」作ります。いくつか出た中から村上さんが決めることになり、「じゃあ（主宰が）霞さんだから、これにしましょう」と本郷さんの

《明日は晴天霞の向こう》を選びました。

最後に、一番印象に残ったフレーズ「ディジュリドゥウ」をタイトルに付けて、物語が完成しました。

「ディジュリドゥウの巻」

惜春やゆっくり街の書店まで　高松霞
　忘れな草で作ったしおり　本郷
ジャケットの裏地が白い心電図　大塚凱
　吊るされているおもちゃのダンプ　村上健志
満月に有刺鉄線伸びゆける　さとう独楽
　君の砧で殴ってくれよ　大塚凱
ディジュリドゥウ持ちたる男通り過ぐ　さとう独楽
　森林火災の後の虹橋　本郷
フライングスパゲッティ教通話料　本郷
　外野手が初蝶と親しむ　大塚凱
ひとひらの花酒瓶で狙い打つ　村上健志
　明日は晴天霞の向こう　本郷

感想戦 ―― ルールがあるほどおもしろい

連句のゲーム性に本気に

――お疲れさまでした。

僕が一番心に残って、タイトルにしたかったのは「打越」だったんですけどね……すぐ打ち越すから（笑）。ルールがいっぱいあって難しかったんですけど、覚えればマージャンみたいな感じかもしれないなと思いました。俳句みたいに五七五の中で「同じような意味が重ならないように」とか、「あまり事柄を詠むのはよろしくない」とかいうガチガチのルールがある、っていうよりは、何句並びでこの方がおもしろくない？　っていう遊びですからね。

江戸時代に庶民に流行った理由は、テレビゲームとかがなかった時代、連句にゲーム性がめちゃくちゃあったからですよね。だからこそみんなが本気になるし、楽しいんだろうなっていうのが分かりました。短歌も俳句もですけど、ルールがあればあるほど思いも寄らぬ発想が出てくるから、おもしろかったです！

――高松さんから村上さんへメッセージです。

頭では理解できても、ついやってしまうものが連句の本質「打越」です。村上さんも苦戦してらっしゃいましたね！　連句には連衆を楽しませるためのアイテムがまだまだ用意されています。またご一緒しましょう！

16

ＢＬ俳句にひたすら戸惑い

二〇二〇年三月

修行先

暫定句会

ＢＬかつ詠み込みで難易度高し

　ＢＬ（ボーイズラブ）がテーマの句会が開かれるというのでやって来た、「暫定句会」。主宰の上野葉月さんに「暫定」の理由を尋ねると、「そもそも私が東京から離れるんで、この句会はもう終わるんです。だから〝暫定〟なんです」。フランスを中心に長年海外で働いていて、東京五輪の開催までにまた日本を出るつもりだったと言いますが、「結局オリンピックの方が去っていった」と苦笑します。

　タクシー運転手をしつつ、短編映画を撮ったり執筆業をしたりと多才な上野さんが俳句に出合ったのは１９９８年。当時働いていたシンガポールから帰国して、学生時代のバンド仲間の三島ゆかりさんに「久しぶりに飲まないか」と連絡すると、「忙しいけど、お茶の水『滝沢』に来れば会えるから」という返事があったと言います。

「三島さんが俳句をやってることは知ってたので、句会を見学してその後飲みに行くんだろう、とは思っていたんですけど、いきなりその『豆の木・木曜句会』というのに参加させられて。それで３句くらいがんばって作ったんですけど、点数が全然入らなくって」

２週間後、なんとなく次の句会も出てみると、またまた０点。

「６回目くらいで初めて１点入って。だから１点入るまでに３カ月以上かかったんですよね」と振り返ります。

それから今まで俳句を続けている理由は？

「言葉に対するこだわりがみんな強いので、おもしろいとは思っています。ただ私自身は基本的にすごく散文の人間なんで、詩とか俳句みたいなものに対する感覚があんまりないんですよね。もう20年以上やってるわけなんですけれど、いまだにあんまりのめり込めないでいます。でも続くんですよ。そういう俳人もいます、世の中には」

暫定句会は月に１回、東京・銀座で開かれます。ふだんは５人くらいとのことですが、この日は「村上効果というやつで」８人が集まりました。結社や同人誌に所属していたり句集を出したりしている強者から、暫定句会のみで俳句を楽しんでいる人、飲み屋で上野さんにスカウトされた人などメンバーはさまざまです。今回は「ＢＬ」をテーマに、かつ「院・雨・アル・南・筋」のいずれかの字を詠み込むという難易度の高い宿題で、村上さんを含めてみんな、「難しかった」と言い合っていました。

病院ごっこに監禁…

よしながふみさんの漫画で、２０１９年に西島秀俊さん、内野聖陽さん主演のドラマにもなった『きのう何食べた？』でＢＬを予習してきたという楠本奇蹄《きてい》さんは、《妻も子も棄てぬくちびる花の雨》と詠みました。

村上　ボーイズラブっていう前提で作るときに、主人公にこういう枷を作るのがおもしろいなっていうか。男同士なのに女性と子どもを登場させるっていう、その性格の悪さですよね。

一同　（爆笑）

楠本　これ、西島さんが言ってたんですよね、『きのう何食べた？』で。

同じく楠本さんの《南京錠のやうなただいま鳥曇》の句評は、きわどいものに。

※鳥曇＝秋冬に渡ってきた鳥たちが、春になって北方に帰る頃の曇りがちの空

前田凪子 ＢＬって、一派閥として「監禁もの」がある気がするんですよ。だからそういう感じかな～っていう。帰って来ちゃった、みたいな。

楠本 少年を飼育するとか、そういう話？

一同 （爆笑）

藤原暢子 「あの鳥のように僕もここを出て行きたい」と思っているような〈鳥曇〉？

楠本 怖いな～（笑）。

最高点の４点が入ったのは、前田凪子さんの《病院ごっこ腹裂けばヒヤシンス》でした。

山岸由佳 三段切れ句（＝五七五のいずれもが切れた形）ですけど。ちょっとビックリですね、〈ヒヤシンス〉が。

上野 三段切れを嫌がる人が多いけど、私はあんまり気にならないな。

村上 無邪気で、しかも残酷というか。これぞエロスかなって思いました。

楠本 「病院ごっこ」で情景が分かる、っていう意味で親切な句だなって思ったんですけど。やっぱり「腹裂けばヒヤシンス」っていう展開がとてもビックリするところで、意外性があって反射的に取りました。

中嶋憲武　超現実的な感じだよね。

《乙女座の少年多情竹の秋（上野葉月）》（**※竹の秋＝竹の古葉が春に黄ばむこと**）、ダッチワイフ?と話題をさらった《南極と呼ばれし娘卒業す（中嶋憲武）》《少年の描く少年花の雨（佐藤午後）》《罰すれば修道院に降る辛夷（藤原暢子）》《少年の喉の痒みへ散る桜（山岸由佳）》《少年の背中合はせに春の雨（藤本る衣）》など秀句がそろう中、村上さんの句はなかなか選ばれません。

結局、《クレソンのはみ出る口や雨男》に2点、《アルデンテ確かめる指風光る》に1点のみ、という結果に。

最後に「村上さんの句を全部開けてほしい!」という声も上がりましたが、「もういいです、取られてないんで……」とガックリした様子でした。

村上さんの出句3句です。

院長の謝罪会見蜆汁
南北に伸びる手春の地球照《ちきゅうしょう》
腹筋を鍛える息や春の闇

感想戦 —— 世界観に入れずパニック

何をしてもうそくさい

——お疲れさまでした。

みなさんが作ってる俳句に関してはすごくおもしろかったんですけど、僕がＢＬに詳しくないから、自分で作ろうとすると何をしてもうそくさい、誰かの作品の影響を受けたもののしか作れない気がしちゃうんですよね。漫画とか小説のパロディーじゃん、っていう。「尻子玉俳句会」の河童のときはそうは思わなかったんですよ。「もしも河童がいたら」って想像して入っていけたんですけど、これに関しては世界観に全然入っていけなかったんですよ……。あと入れなきゃいけない言葉がすごく難しくて、それでまず苦労しちゃって。今回はパニックでした。毎月、句会ごとにそれぞれ違うので戸惑ったり、おもしろがったりしながらやってきたんですが、ちょっと戸惑う方でしたね。

——主宰・上野さんからのお言葉です。

新型コロナウイルス騒ぎでオリンピックが延期になり、掌返しのように外出自粛が唱えられ始めた落ち着かない時期に足を運んでいただき感謝しております。ＢＬという理解の範囲に落差のあるテーマ詠で戸惑われたと思います。村上さんは俳句に真摯な青年という印象が強く残りました。「春の地球照」には驚かされました。

コラム　リモート句会

題「ソーダ水」「明」

初のリモート句会で、こんにちは！

新型コロナウイルスの影響で、仕事のみならず句会もリモートに移行している今、初めて村上さんが「リモート句会」を開催。「フルポン村上とリモート句会」と題して参加者を募集したところ、先着8人の枠があっという間に埋まりました。参加してくれたのはさちよさん、鈴木沙恵子さん、小谷由果さん、内橋可奈子さん、後藤麻衣子さん、本野櫻奐さん、村上瑠璃甫さん、大槻税悦さん。そして、村上さんがゲストではなく「初仕切り」ということで、俳人の大塚凱さんにお手伝いしてもらいました。

２０２０年5月30日午後3時、画面越しに初めて顔を合わせた10人。「みなさん、お手柔らかにお願いします〜」という村上さんのあいさつの後、まずは自己紹介から始まりました。兵庫、大阪、岐阜、金沢、横浜、東京、千葉、茨城とみんな住んでいるところがバラバラで、「お〜」という声が。それぞれ句歴は3〜5年ほどの人が多く、偶然、同じ結社の知り合いがいることも判明して、村上さんも「たまたま!? みんなで連絡とって参加しようとかじゃなくて?」と驚いていました。

一通り紹介が済むと、早速各自の選を読み上げます。句会をスムーズに進行するため、参加者には事前に〈ソーダ水〉「明」の題と当季雑詠で計5句を作って提出し、特選1句を含む5句選までを済ませてもらっていました。最高点の4点（うち特選2点）を獲得したのは――鈴木沙恵子さんの句でした。

モヒカンの幅決めかねてソーダ水　**鈴木沙恵子**

村上　票が集まった句についてみなさんのご意見を聞けばいいんですよね？　それで名前を聞けばいいんですよね？　一番票が集まったのがモヒカンの句かな。特選で取った小谷さん、いかがでしょうか。音がミュートでーす。

小谷　まずモヒカンの幅について詠んでる句に初めて出合ったなっていうのと、幅を悩めるほど髪が伸びてるっていうのが、コロナで美容院に行けなかったからなのかな、っていう時世も少し感じました。さっぱりしていて、〈ソーダ水〉っていう夏の季語と合うなと思いました。

後藤　「幅決めかねて」がたまらなくて。このモヒカンって上なのかサイドなのか、どっちなのかな？　上だと結構すごいし、サイドの幅だったらソフトモヒカンとかもあるから。そのあたりは作った人に聞いてみたいです。

大塚　〈ソーダ水〉は、若々しさってところで軽く付けて、いなしてるのかなって感じですね。僕はモヒカンの山の麓の部分を言ってる方が、読みとしておもしろいのかなと思って。幅が狭ければ狭いほど尖がってるし、広いほどソフトに見えるし。すごくいい視点だなと思いました。

村上　僕も特選でいただきました。モヒカンってパンクス的なイメージがあって、ただのファッションというより反発とか、もう少し意味がありそうなんだけど、その幅を決めるっていう。「やってやるぞ」じゃなくて「緻密にモヒカンを気にしてる」っていうそのいとおしさが〈ソーダ水〉と相まっていいなと思いました。というわけで、どなたの句でしょうか？

鈴木　はい。村上さんや大塚さんがおっしゃったように幅が狭いほど反発心や、尖がった感じがあるんですけど、そこまでやりきれない、やっぱソフトにしようかな？　っていうのが〈ソーダ水〉の曖昧な感じにはまったという感じですね。モヒカンって昭和っぽい感じがして、〈ソーダ水〉もちょっとそんな感じがしていいなと思いました。

メロン抱くこどもいくらか重くなる　内橋可奈子

村上　次も4点句で、これを選んでいただいた方は……後藤さんお願いします。

後藤　たぶんそれなりに大きなメロンを子どもが抱えていて、その総重量みたいなものが句になっている、っておもしろいなと思って。食べなくてもなんでこんなに夏らしい句なんだろう、っていう驚きもありました。

本野　僕はお母さんがメロンを子どもに買って帰ってきて、例えばこのメロンが誕生日会で使われるかもしれなかったとき、「重くなる」に成長みたいなものを重ねてる、っていう解釈でもおもしろいかなと。

さちよ　メロン抱く子どもを抱えると読むとすると、入れ子構造が感じられていいなと思いました。父親の行為だとすると、ふだんそんなに抱っこしてるわけじゃないんだけども、抱えてみたら「いくらか」重くなってるのが、メロンなのか子どもの成長のせいなのか、判然としないんだけど自分の手で重さを感じている、と思いました。「メロン抱く」で切った場合は、お腹の中の子どもが少し重くなったんじゃないかしら、と感じている妊婦さんにも取れるかなと思いました。

村上 僕も取ったんですけど、みなさんの句評を聞いてたらちょっと言うのが恥ずかしいんですけど、メロンってどんなものですか？ って説明するときに、ジューシーで甘くて、すごくいい香りでおいしい、っていうのも一つの正解ですけど、「子どもが抱くと子どもがちょっと重くなるよ」っていう紹介が、僕はしゃれててすてきだなと思いました。メロンの価値の一つは「おいしさだけじゃなくて重みだ」っていう感覚が。それが発見できてよかったです。どなたでしょうか？

内橋 ありがとうございました。メロンと子どもは絶対的にあるものとして作ったんですけど、「いくらか重くなる」ってところに実際の重さもあるし、メロンを持つことで、子どもの緊張感とかちょっと心理的なものも込められたらいいな、と思って。私の中で正解はあるんですけど、わざと空白を作ったので、みなさんにすてきに読んでいただいてうれしいです。

続く3点句は、《**燐寸擦る薫り夏めく墓前かな**（本野櫻魚）》《**友ふいに転校するやソーダ水**（村上瑠璃甫）》《**ソーダ水奢ると晴れてくる街か**（大塚凱）》《**親戚を旧村名で呼ぶ田植**（後藤麻衣子）》と秀句ぞろい。
特に《**サンダルの足音たひら夕の父**》という鈴木沙恵子さんの句は、村上さんも「〝足音たひら〟はバレなきゃ他で使いたい。でも、バレちゃうからな……」と絶賛でした。そんな村上さんの句にも、3点が入りました。

口づけを避ける半歩やあめんぼう　村上健志

小谷　口づけを避けるのがどういう理由なのか、っていうのは悩みましたが、半歩避ける〝サッ〟て動きが、アメンボが水面を〝サッ〟て動くような速さで、自然と避けちゃった感じが伝わってくるなと思いました。

内橋　小谷さんがおっしゃったように、アメンボが〝ぴょん〟って動く感じが本当に半歩の感じとおんなじやなと思いまして。口づけを避けるっていうのは何かしら恋愛関係があって、相手を拒んだ小さなドラマの一シーンがあるのかなと。そのアメンボの動きとこの主人公のちょっとした動きが合ってるなと思って、とても好きな句です。

村上 ありがとうございます。おっしゃるとおり、口づけを避ける半歩くらいの移動って、瞬間移動してるんじゃないか、っていうくらい速い。アメンボの動きも瞬間移動みたいな動きしてるんで、その感覚です。でも半歩だからむちゃくちゃ拒絶じゃない微妙さもある。アメンボの動きの半歩感なんでございます。よかったです。

ここまでで1時間半の予定のうちのほぼ半分を消化。

「このペースでやっててもいいのかな？　ちょっとペースを上げましょう」と村上さんは2点句、1点句をテンポよく開いていきます。句評を受けて作者に意図を聞くなど、さばきぶりにも余裕が感じられるようになり、10分を残して、点が入った句の合評をすべて終えました。

「句会って結局、（点が入ってない句は）誰のか分からないまま終わるものなんですか？」

村上さんの問いかけに、「村上さんの句が知りたい」というコメントが付き、無点句も〝ささっと〟開けることに。

《**ぺこぱこと春のマスクの生きてゐる**（さちよ）》の句には「コロナでもう、マスクって冬の季語じゃなくなる!?」、《**葉桜に染むや厨の磨り硝子**（小谷由果）》は「染むや」がいいのか「染むる」がいいのか議論になるなど、終盤になってトークが弾みました。

中でも盛り上がったのは、大槻税悦さんの《**Tバック着けて来たのよソーダ水**》。「取ってはもらえないけれども、雑談のときに話題になるだろうと思って投げました」に爆笑。句作について村上さんへの質問も飛び、予定の時間を20分ほど過ぎたところで、みな名残惜しそうに画面を閉じました。

句会を終えて

村上　毎回、どんな人が集まってる句会なのかなっていうのは思ってるんですけど、今回は特にインターネットで募集して、しかも「フルポン村上と句会をやろう」っていう会だから、会ってみるまでどういう人か全く分からない。でも事前に集まった句を見て、みんな相当俳句やってる人だな、っていうのはすぐ思いました（笑）。初めての仕切りだったんですけど不安はなくて、むしろみなさんにちょっと教わりながら、「これで合ってます？」っていうのを見守ってもらっている感じでした。

リモート句会自体に慣れていらっしゃる人が多かったですよね。コメント機能を使ったりして、「なるほど！」と。今リモートでいろんなことが行われる中で、句会とリモートの相性は相当いい方だと思います。句会って野球的なところがあって、〝打席〟を用意するもの。誰かがしゃべっているときにクロストークで入っていって激論を交わす場所じゃないから。テレビ番組でリモートをすると、クロストークをするのが難しいんですよ。声がぶつかると聞こえないし、声が大きいとハウっちゃうし、ラグもあるし。

そういう意味で、しゃべる人に「あなたです」って打席のように指名する句会はリモートにすごく向いてると思いましたね。１時間ちょっと過ぎたくらいからは、仲間意識みたいなものも出てきましたよね。関東以外の方も結構いらっしゃったので、もしこういう機会がなかったら一緒に句会することもなかったのかな、と思うと本当に楽しかったです。

村上健志　出句5句

口づけを避ける半歩やあめんぼう　（3点）
箱アイス開けてかすかに揺れる肘　（2点、うち1点は特選）
傘立てにライトセーバーソーダ水　（2点）
初夏の夜や菜箸太き天ぷら屋
明日用の白シャツ吊るされた窓辺

17

二〇二〇年六月

一風変わった兼題と季語の提案

修行先

うかれ猫句会

ふつうの兼題ではつまらない

「選句修行2」（141ページ）で、《球根を植ゑて残れる手の丸み》という句が村上さんの特選句になった彼方ひらくさんから、すてきなお誘いメールが届きました。

（特選のプレゼントの）サイン色紙が届きました。ありがとうございます。ところで、現在『うかれ猫句会』というズーム句会を月例で主催しております。毎回少し変わった兼題を出していまして、村上さんがゲストで参加されたら楽しくなるでしょうねと皆で話しています。（抜粋）

聞けば、岡山在住の彼方さんは気軽に参加できる句会が身近になく、遠出して県外の句会に参加したり、文字のみのインターネット句会をしていたとのこと。それがこの新型コロナウイルス騒動をきっかけにズーム句会を試してみたそうで、「リアルの句会とインターネット句会のいいとこ取り、ハイブリッドみたいな感じ。地理や移動距離を考えなくていいのはもちろんなんですけど、録画もできるし投票機能も使えるし、いいことばかりですね」と話します。

メンバーは、俳句のイベントやツイッターでつながっていた仲間たち。毎回ちょっと変わった兼題にしているのは、「参加者がうまいんですよ。ふつうの兼題だとつまんないってところがあって」。彼方さん自身の句歴は4年ほど。『NHK俳句』に投句してみようと思い立ち、割とすぐに入選してテレビで紹介されたのが始めたきっかけだそう。

「完全にビギナーズラックで、僕が作ったのとは違う深い読みだったんですけど、浮かれましたね。調子に乗って、次の月もその次の月も出したけど佳作にすら取られなくて、これはダメだと思って、俳句のラジオ番組に毎日投句し始めたらもう引き返せなくなったというか、あとは俳句沼です（笑）」

現在は「うかれ猫句会」の他、初心者のための「まなざし句会」を主宰するまでに。句会のおもしろさを聞くと、「平等っていうところですね。指導者も初心者も上級者もみんなが一つの座に集まって、名前を隠して俳句を出すってすごく平等じゃないですか。指導者の句が全然取られなくても、それで気まずくなったりもしないし。一句一句の勝負なので、今回ダメでも次いいかもしれないし、そこがすごく好きです」。

次の「うかれ猫句会」は25画以上の漢字を詠み込む「漢字の座」と、季語ではないけれどふさわしいと思う言葉を入れる「季語提案の座」、当季雑詠の３座が開かれるとのことで、村上さんも参加させてもらうことにしました。

「本当に村上さんだ」

６月20日午後８時、パソコン画面に村上さんが登場すると「本当に村上さんだー！」と歓迎ムードに包まれます。この日はそれぞれが飲み物を手元に用意して、乾杯からスタート。参加の14人が順に自己紹介をした後、句会を始めます。うかれ猫句会では、現在５００を超えるインターネット句会で重宝されている「夏雲システム」を使って事前に投句と選句をします。句会の場で主宰の彼方さんが「結果発表」ボタンを押して、それぞれの句に何点入ったか（天３点、地２点の計算）を公開し、句評をしていきます。ちなみに句会のメンバーには、夏雲システムの開発者・野良古《のらふる》さんもいました。

「漢字の座」からスタート

まずは、25画以上の漢字を使うことが条件の「漢字の座」からスタート。最高点の12点を獲得したのは、彼方さんの《大籬《おおまがき》くぐる螢を迎ふなり》でした。「大籬」とは、江戸の吉原で最も格式が高いとされた遊女屋のことです。

笑松　江戸時代なので見たことも行ったこともないですけど、浮世絵とか小説の世界にすーっと入っていく情緒が感じられていいなと思いました。

クラウド坂の上　結局多くの遊女って、死なないと遊郭から出られない。そのはかなさと蛍のはかなさが近いかなと思ったんですけど、でも蛍はそこから出て行くことができるわけですよね。だから蛍に対して親近感を持ちながらも、「お前はいいね」って言ってる遊女の姿が鮮やかに浮かんで選びました。

七瀬ゆきこ　昨日、蛍狩りに行って状況が見えてきたんですけど、そんなに忙しい遊郭じゃないんだな。もしかしたら時代の終わりの頃で、蛍がやってくることを迎え入れられるくらいの余裕があるような、ゆったりした時間を感じました。

彼方 村上さんのご意見をうかがってもよろしいですか？

村上 僕は（点を）入れてないんですけど、入れたかと思ったんですよ。

一同 （笑）

村上 迎え入れる人が遊女だ、っていう映像がすごくいいなと思って。大籬自体がくぐってくる蛍を迎え入れているようでもある、っていう読みもいいなと思いました。

桃太郎を覚えてしまったインコ!?

次の9点句はなんと、村上さんの《ももたろう話す鸚哥《いんこ》や冷やし瓜》でした。

彼方 私が「天」でいただいてるんですけど、全体の句を通して一番おもしろかったです。人間じゃなくてインコが桃太郎を物語ってるわけですよね。桃じゃなくて、代わりに瓜が桶とかに浮かんでて、ダウングレードしてる感じ、非常に愉快ですね。インコに桃太郎を覚えさせようって発想もおもしろいんですけど、たぶんそんなに長く覚えられないんで、「どんぶらこ、どんぶらこ」くらいしか言えないんじゃないのかなと思うんですけど、そこを想像するとどんどん楽しくなってくる。すごく好きな句です。

野良古　よっぽど親が子どもに桃太郎ばっかり話してるんだろうな、って思って。描かれているシーンの前の時間が想像できるのがおもしろいのと、〈冷やし瓜〉っていう季語、「桃太郎を話す鸚哥」っていう句の雰囲気の作り方が好きだな、と思っていただきました。

洒落神戸　〈冷やし瓜〉って、冷蔵庫ではなくて水で冷やしたり川で冷やしたりする雰囲気があって。僕はこの季語からはマンションではなくて、ちょっと田舎で、大きな家で、おじいちゃんもおばあちゃんも一緒に住んでるような家で、みんなが子どもに桃太郎の話を聞かせていると想像しました。飼われてるインコがその言葉を少しずつ覚えていくのが、現代か少し前なのか、いい感じの日本の風景が描かれてるな、と思っていただきました。

彼方　〈冷やし瓜〉っていう季語のいろんな要素が生きてる句ですね。村上さん、ご意見をうかがってもよろしいでしょうか？

村上　すいません、これ僕の句なんですけど……。

一同　「すごーい」「おめでとうございます！」

村上 今おっしゃっていただいたみたいに、僕、おじいちゃん、おばあちゃんちの近くに、桃太郎を話すインコがいるらしい、っていうのがあったんですよ。あとテレビとかでたまに出てくる、桃太郎を話してる変わり種のインコみたいなのを思い出したときに、最初はみんなおもしろがって相手にしてくれるんだろうけど、それを飼っている家からすると、なんとか桃太郎をしゃべらそうみたいな雰囲気に冷やし瓜があるっていう、なんでもない「のどかさ」がすごくいいな、と思って作りました。

オウムと沖縄の叫び

香野さとみZさんの《絶叫の鸚鵡《おうむ》の冠羽沖縄忌》も同じく9点を獲得しました。

土井探花 第二次大戦の凄惨な沖縄での戦いと殺戮を想起しました。オウムはかごの中でその一部始終を見て絶叫し、冠羽が逆立ったのでしょう。臨場感のある句です。

あるきしちはる オウムってすごく声が大きくてギャーギャー鳴いて、しかも耳に刺さるので、その姿が沖縄の叫びと重なってくるように感じて。「冠羽」に着地するのは何でだろう？　と思ったんですけど、探花さんの評を聞いて、すごく揺れて鳴いてるんだなっていうのが浮かんだので、なるほどって納得しました。

大槻税悦　冠羽っていうのを調べたら、敵に対して体を大きく見せかける防御手段に使われるって書いてあって、それで全部意味がつながるなって理解して。沖縄に対するリスペクトっていうか、そういう気持ちの句なのかな、と思っていただきました。

彼方　村上さんからもよろしければ一言いただいてもいいですか？

村上　僕、忌日で（句を）作ったことないんですね、一度も。すごく難しいじゃないですか。でも「しゃべる鳥」で「絶叫」ってもってくるところがおもしろいなと。「絶叫」も「冠羽」も「沖縄」も全部パワーなんだけど、嫌だってならない感じがすごいなと思いました。

宗教隆盛の秘密は…

続く8点句は《驢馬《ろば》隠すほどに干草積みに積む（北野きのこ）》《洗ふ手を橄欖石《かんらんせき》の数珠涼し（大槻税悦）》《親鸞に妻あり子あり夏の草（桃猫）》の3句。特に評が盛り上がったのは

「親鸞」の句でした。

クラウド坂の上　季語の距離がすごく合ってるなと。〈夏の草〉ってぼうぼうと茂ってくる、夏のエネルギーを感じさせる季語ですけど、親鸞は7人子どもがいたのかな？　そう読むと非常に絶倫のようなイメージ（笑）。私は、教師をしていて社会が専門で、宗教も結構好きなんですけど、浄土真宗8代目の蓮如上人っていう人は13男14女、27人子どもがいたっていう。最初の祖の親鸞がそれだけ子どもを作らなければ、今の浄土真宗の隆盛はなかったわけなので、そういうことも考え合わせるとすごくおもしろい句だなと思って。

「〝親鸞〟って思いついた瞬間にパパパッと作ってしまったんです」と作者の桃猫さん。

「25画以上の漢字」を探すのには全員苦労したようですが、中でも画数が多く、難読漢字だったのが野良古さんの《瀲灩たり恩師の見つめゐる泉》の6点句。村上さんは「天」の句に選びました。

村上　これ、「れんえん」ですよね。まず、読みをどうやって調べていいかも分からない。それがむちゃくちゃ大変だったので、その苦労もあった、っていうのもあります（笑）。こんなに難しい漢字なのに静かな意味で、「泉がきれい」っていうくらいのことなんです。結構シンプルな景なんですけど、画数の多い漢字があるっていうことと、恩師がその泉を見つめているだけなんだけど意味ありそう、って思って。「その泉を見てみたい！」って思えたんです。

野良古　実景に近いんですけど、恩師と散歩に行って泉を見つめているときに、自分よりも知識も深いし頭の働きもすごい人といると、この人には何が見えているんだろう？　っていう気分になります。自分が見つめているよりも深い、もっとおもしろい景が見えてるかもしれないな、と思ったときに「瀲灩」っていうわざわざ難しい言葉を使う意味もあるかなと思って書きました。

「オフショル」を新しい夏の季語に!?

続く「季語提案の座」は、季語ではないけれど夏の季語にふさわしいと思う言葉を入れて「季感」のある句を作ります。「天（3点）」「地（2点）」1句ずつを選句した結果、最高点の12点を獲得したのは、洒落神戸さんの《オフショルや都会に満つる反射光》でした。

野良古 最初、オフショルと都会と光がちょっと平板なのかなと思って選外にしてたんですけど、直前にやっぱりすごくいいなと思って「天」にしました。この人はたぶん、自分がオフショルで反射光を見てるだけじゃなくて、出てる肩とか腕のところで都会の反射光の熱を感じてるんだな、って思ったときに、触覚的にもいい句だなと思っていただきました。

笑松 光に当たってツヤツヤの肌も反射してる、という雰囲気も含めていいなと。夏の強い日差しの中で「自慢の肩が光ってる」感じがとてもよくて取りました。

土井 「オフショル」を季語として、基本の型にはめることで一句に説得力があります。「満つる」にもう一工夫ほしかったですね。

北野 「都会に満つる反射光」っていう素地に対して、何を取り合わせるかで雰囲気とか光景が変わってくると思って。オフショルならではの都会さ、肩を出した大胆さなど、光との相乗効果が演出されてるなと感じていただきました。

彼方 ではこの人気句、作者はどなたでしょうか？

洒落神戸 洒落神戸です。

一同 「さすが神戸です」「おしゃれです」

洒落神戸　大好きなオフショルを季語に提案したいなと。手法的にはまず、オフショルは決まってると——べっぴんさんの若い女の子で。これを海にもっていくのか山にもっていくのか、田舎なのか都会なのかってときに、やっぱり都会にもっていきたいなと。村上さんはオフショルお好きですか？

村上　僕は、そこまではないんですよ。見えてないものの方が好きで「透け感」の方が好みなんです。露骨な露出ってものにはあんまり感じないんです。

一同　（爆笑）

「ジェラート」や「自由研究」も季語に！

他にも、ユニークな季語の提案がありました。

アンクレット　**砂を蹴るアンクレットに小《ち》さき貝**　あるきしちはる　10点

猫開く　**先代と同じ厨に猫開く**　大槻税悦　8点

ジェラート　**ジェラート越しに少年のふと会釈**　七瀬ゆきこ　7点

ペットボトル　**ペットボトルに命がつまりすぎている**　野良古　5点

照り返し　**モノレール降りて遥けし照り返し**　笑松　5点
自由研究　**石拾う自由研究のために**　青海也緒　3点
イルカショー　**イルカショー先ずはごひいき濡らすらし**　彼方ひらく　2点

「猫開く」は暑いときに冷たい台所の床などに広がっている猫のこと。「ペットボトル」は「夏に冷たい飲み物を入れてるのが、ペットボトルが一年で最も輝く時期」など、さまざまな意見が交わされました。「ジェラート」は、「アイスが季語ならジェラートも季語と言い張ってしまえばいい。誰かがもう決めてほしい！」と村上さん。その村上さん提案の《**粉ポカリの袋の角で君突く**》も4点と好評でした。

青海也緒　「月がきれいですね」が「アイラブユー」の日本語訳であるように、それを現代語版にしたらこれじゃないのかっていう。どういう距離感か分からないけども、突っついてる人は相手のことを絶対に好きだろう、っていう空気感が好きでした。

香野さとみZ　粉ポカリなので部活かなと思いました。村上さんの句だと思うからいただいたわけではなくて。ありそうでないような絶妙な景がいいと思いました。

村上 これ僕です（笑）。まさにおっしゃったように、部活のウォーターサーバーみたいなものに粉ポカリをマネージャーが入れるという。入れる前でも後でもいいけど、粉ポカリの袋ってちょっと硬いんで、突くにはちょうどいいというか。もう僕、男女が突き合ったらそれは恋だと思ってるんで。僕ができなかった青春の憧れの一ページですね。

神が宿っている「アイヌねぎ」

そして最も気持ちの込もった提案があったのは、9点を集めた北野きのこさんの《**柏手一つ打ってより摘むアイヌねぎ**》でした。

クラウド坂の上 「アイヌねぎ」は行者ニンニクの芽みたいな感じで、フキノトウみたいに生えてくるらしいんですけど、「命の中にすべての生き物に神が宿っている」というアイヌのアニミズムの考え方、それがきちっと反映されていて。（人気漫画の）『ゴールデンカムイ』でアイヌのいろんなことが有名になってきましたけど、景がまざまざと浮かんで、心が清浄な気持ちになるような気がして好きな句です。

七瀬 今日、この句を言祝ぐために来ております。アイヌねぎっていうのは、私が北海道に住んでいたときには差別用語で、アイヌは臭い、アイヌねぎってことだったんです。「アイヌねぎと言わずに行者ニンニクと言え」と言われていた時代があるんですけど、アイヌ民族から学ぼうっていう時代の中で季語として提案されてるっていう背景も見えて、ぜひ推したいと思って「天」に取りました。

北野 （差別的な呼称について）僕は内地出身なので、10年以上北海道に住んでいても全然知らなかったんですけど、どうやら蔑称の意味がかつてはあったという話をちょっと前に聞いて。でも字面として、アイヌのネギみたいな風味の山菜っていうだけで、なんだか変な意味を込められるのは間違ってるなと個人的に思っているので、この呼称がスタンダードになって問題ないんじゃないかなと思っています。

得点の多かった3人を発表！

この後「当季雑詠の座」を開き、約2時間半の句会を終えました。3座の合計点が一番多かったのは、《非暴力主義ですパイナップルに芯》という一句で18点という圧倒的な点をたたき出した桃猫さん。2位はあるきしちはるさん、そして3位はなんと、**《富士そばで世界を貶《けな》す夏未明》**で最後に7点を加算した村上さんでした。

北野　たぶん若者なんだろうな。夜通し遊んで朝方ベロベロに酔っ払って、何人かでたむろして、そばでさっぱりしようか、みたいな状況なんじゃないかなと。そういう図って、あるある感もあり共感もあり、例えばこれが春だと「やってやるぜ」っていう希望が先に立つと思うんです。〈夏未明〉だと「ここから暑い日中が始まるんだな」と現実に戻っていく感じが強いな、って僕は読みました。

洒落神戸　「富士そば」は24時間営業のチェーン店のそば屋ですが、例えば「吉野家」とか「牛丼屋」にしても成立すると思うんです。けれどまず、富士そばの「富士」が「世界」と響いているのと、富士そばって東京とその周りにしかなくて、僕の地域では食べられないんですね。だからイメージ的には、東京の若いやつが富士そばで世界のことを貶していると。〈夏未明〉は夜が明ける前。これを朝動き出した人と取るのか、夜の動きの残っている人と取るのかを考えると、やっぱり若い子らが徹夜で始発を待ちながらうだうだやってる世界観が好きでした。

村上 ありがとうございます。これは自分が若手芸人だった頃に深夜稽古とかして、「タクシーに乗るお金がないから始発まで待つしかない」という経験ですね。夏の若者は夜遊んだら朝まで待つしかないし、だいたい朝方若者が富士そばに集まったら文句言うしかないんです（笑）。

感想戦――俳句でコミュニケーション

ワードちょっと持ってきました」とか、「ふだんの生活でこんなことがあったから俳句に採り入れてみました」という、いい意味でコミュニケーションが俳句に表れているのが、僕はすごくすてきだなと思いました。

――彼方さんからの感想です。

「うまさを見せる戦い方」以外の俳句に、はっとしました。確かにそれを求めているかもしれないと。うちはなんだか闇鍋みたいですが（笑）。村上さんはもう、すっかりうちかれ猫句会の一員です。またのご参加をお待ちしていますね。そのときは兼題を、句会で話題になった「恋の句」にしましょう！

日々の出来事を採り入れる

――お疲れさまでした。

兼題が難しかったので、最初自分で作るときはめちゃくちゃ戸惑いました。これだけ限定されなかったら作れなかっただろうな、って句ができたからよかったです。単純にいろんなゲーム性があった方が楽しいし「ストイックなものだけで勝負しましょうよ」というのはしんどくなりますからね。

みなさんがおもしろいものを持ってこようとする意欲を俳句からすごく感じて、いいなと思いました。うまさを見せる戦い方もあるんでしょうけど、そうじゃなくて「こんな

特別対談

特別対談1

俵万智×村上健志

日常を丁寧に生きる

歌人の俵万智さんの第1歌集で、
280万部のベストセラー
『サラダ記念日』。
ある日ふと、この本を
手に取ったことで、村上さんは
短詩の世界に誘われました。
その俵さんとの初対面、初対談。
話題は歌俳の違いから
恋バナまで広がりました。

俵万智
（たわら・まち）
１９６２年大阪府生まれ。歌人。早稲田大学第一文学部卒業。学生時代に、佐佐木幸綱氏の影響を受け、短歌を始める。１９８６年に角川短歌賞、１９８８年に現代歌人協会賞を受賞。『サラダ記念日』『オレがマリオ』『牧水の恋』など歌集・著書多数。２０２０年、前作から7年ぶりとなる第6歌集『未来のサイズ』（ＫＡＤＯＫＡＷＡ）を発売。

親戚のおばちゃんのように見守っていた

俵　村上さんが短歌を始めるきっかけが『サラダ記念日』とのことで、ありがとうございます。うれしい。

村上　何かを始めるきっかけの人と会うことって、なかなかないじゃないですか。お笑いでいうとダウンタウンさんに会うとか、そんな気持ちです。ありがとうございます！

俵　（お笑いバラエティー番組の）『爆笑レッドシアター』に出てらしたでしょ？　私、お笑いも好きだから、あの番組がすごく好きで見ていて。村上さんはおもしろい芸人さんとしてインプットされていたんですけど、ＮＨＫの短歌の番組にも出ていらして、すごく歌が上手な人だな、って印象を持っていたんです。そしたら、そのうち俳句の方にシフトされていって。

村上　『プレバト!!』ですね。

俵　『プレバト!!』も息子とよく一緒に見ていて、駐輪場の俳句（《**卒業の駐輪シール並ぶ朝**》）で褒められたときに、「やっぱこれだよね」って言い合っていました。親戚のおばちゃんのように、村上さんを見守るスタンスでおりました（笑）。

村上 僕は『サラダ記念日』の《**ハンバーガーショップの席を立ち上がるように男を捨ててしまおう**》という一首が最初、すごくおもしろいなと思って。（第6歌集の）『未来のサイズ』の中の《**にわか雨よりも激しき音たてて空心菜を炒めておりぬ**》もそうなんですが、とにかく俵さんの比喩表現がすごく好きなんです。顔がほころんじゃうんですよね、こういうのを読んでると。

俵 じゃーって炒めて（笑）。

村上 なぜ今まで僕は、中華鍋で空心菜を炒めるときににわか雨の音だと思えなかったんだろう、って。こういうのがおもしろいなと思うんです。今後たぶん、空心菜を炒めてる音を聞いたとき、「にわか雨だ」と思うはずなんです。こういう例えをいつか僕も生み出したいですね。

俵 それ、すごくうれしいです。〝例えはそうありたい〟って感想を今もらえた気がして。例えって「AがBに似てる」ことなんだけど、AとBが近過ぎて「そんなのみんな思ってるわ」って思われたら全然ダメだし。AとBが遠過ぎて「それはちょっとないでしょ」って思われても成立しない。「そのBはまさに、自分が先に気付きたかった」っていうのを、一番乗りして言葉にするのが、その比喩の手柄ですよね。すごい今、心の中でガッツポーズ。

村上 俳句で比喩を使う勇気がまだないんですけど、いつか比喩表現ばっかりの短歌を作ってみようかな、と思いますもんね。僕も「おもしろ比喩」を発見したいです。

俵 短歌の場合は、すてきな比喩を一つ思い付いたら、あとは余計なことをせずに、その比喩がいかに生きるかを考えて残りの文字数を費やすのが鉄則だと思う。

うれしいことを歌にして、何回も楽しんで

村上 俵さんの作品ってユーモアがあって、僕はすごく好きなんですけど、それは「おもしろくしてやるぞ」というよりは、俵さんの感覚がそうしているんですか？

俵 私、根が大阪人というか、大阪生まれの大阪育ちなんです。だから、やっぱりユーモアとか笑いは日常的にも好きだし、大切にしたい部分です。短歌を詠んですごく息苦しくなったり、だんだん眉間にしわが寄ったりするよりは、ちょっと元気になれるというか、「だよね」って笑えるような感じは方向性としてすごく考えてるかもしれない。嫌なことをわざわざ歌にしてますます嫌な気持ちになるって、なんか嫌じゃないですか。

村上 そうですね。

俵 ちょっとでも楽しいことやうれしいことを歌にしておくと、何回でも楽しめるし、何回で

も喜べる。基本、私が作るのは否定じゃなくて肯定する歌で、それはもう、ポリシーとして持ってるかもしれないですね。

村上 それはすごいですよね。僕はあんまり自分の作品で自分を肯定してあげてないかも。嫌な部分が結構出てきて、「自分、めちゃくちゃみみっちくて生意気なやつじゃん」って思っちゃいます。そう書こうっていうよりは、書いたらそうなってくるんですけどね……。昔、短歌を始めた頃に作った歌なんですけど、《**啄木のような不幸に憧れて床暖房を今日だけは消す**》とか。

俵 いいじゃない。

村上 暗いし、ナルシシズムみたいなものが出ちゃうんですよね。短歌にすると、ユーモアチックにはなるんですけど。

俵 〝そういうことを言ってる〟ことを含めて、全体像が笑えるよね。だって、村上さんのコントのキャラで、すごいうんちく言う嫌なやついるじゃないですか。あれも、その人そのものはそんなにいい人とは思えないけど、ちょっと引いて見ると、すごく笑えるよね。そういう感じかな?

村上 確かに、そうかもしれない。ユーモアとか軽やかさは、短歌にも俳句にも僕は絶対ほしいな、と思うんです。俵さんはどうやって歌を作っていくのか、聞いてもいいですか?

俵　「作ろう」という感じで作るのではなくて、「あっ」と思ったとき、その「感じ」を歌にしたいな、と思っています。そのとき、すぐにぱっと形になるわけじゃないんですけれども、ちょっと温めて、形にしていく感じかな。下の句だけできて、上の句が半年くらいできないこととかふつうにあるし、時間は結構かかると思う。ただ、推敲していく過程ででこぼこしてるところを削って、どんどんリズムになじませていくので、できあがったものを見ると一瞬でできたように見えるのは、悪いことではないかな、と思います。むしろそう見えてほしい。「苦労したんだね」って感じの歌よりも、「鼻歌交じりにできたのかな？」って思ってもらった方が、結果としてはいいんですけれども、なかなかトゥルルンとは出てこない。だから、俳句の人たちが席題でバンバン作るのが恐怖です、私からしたら（笑）。

村上　席題句会はそうですね（笑）。

創作の大きな場としての句会

俵　短歌でも歌会はするんですけれども、やっぱり俳句にとっては、句を作る場としての句会のウエートがすごく大きいですよね。楽しいトレーニングになると思うし、俳句っていう一点でつながってて、実社会だと出会わなかったような人たちが集まってくるのもおもしろい。みんな年齢も肩書もさまざまで、文化の懐の深さみたいなものを感じますね。

村上　僕は歌会には参加したことないんですけど、短歌の師匠の小島なおさんに聞いたら、歌会はもっとバチバチというか、一首をもう、みんなでめちゃくちゃ言っていくと。俳句の映像的な描写を否定されてもあんまりグサッとこないんですけど、短歌で自分史を出したときに否定されたら嫌だろうな……と思って。だから、似ているようでまた違うんだな、と思いましたね。

俵　作品と人格は別だし、そう思わないとつらくなりますね。私も句会に何回か出たことがあって、その場で作る即詠の場面もありましたけれども、行ったら当日題が出て、それで作ることにすごく驚いて。無理と思ったけど、みなさん、ものすごくたくさん作られるんですよ。それで俳人の方に、「でも、こういう場で作ったものって、句集にはなかなか収められないでしょ?」って言ったら、「ほとんどこういう場で作ったものです」って言われて。人にもよるのかもしれないけれど、やっぱり句会は創作の大きな場になってるんだな、ってことにびっくりしました。

村上　確かに句会はみなさん、完成品じゃないものでもどんどん出していって、そこでみんなに「こっちの方がいいかもね」とか「こう変えてもいいかもね」って言われて、持って帰って完成させる人がかなり多い印象でした。

俵　共有してるって感じかな。私、初めて出た句会の題が〈秋扇〉だったんです。それは秋の扇っていう字面だけの意味じゃなくて、季節外れの、ちょっと不要品になってるようなニュアンスがくっついていて。それを踏まえての〈秋扇〉だっていうのを、すごく重く感じたのを覚えています。季語の持つ重みもやっぱり、一番大きな違いですよね。短歌を作る側からすると、圧倒されちゃうんです。それ込みで作らなきゃいけないわけでしょう?

村上　僕も最初はそれに戸惑いと驚きはありました。でも、それが共有のルールであるなら、「じゃあ、これ省略できるから便利」って思いますね。〈八月〉という季語だけでも、暦の上では秋で、残暑で、終戦でもあるっていう。言葉にそれだけのバックグラウンドがあるんですよね。

俵　村上さんの《**八月やパンクしそうな手巻き寿司**》って句も、子どもがめっちゃ欲張ってる感じがすごく好きだった。絶対、大人数だよね、これ。〈八月〉だから田舎にみんなが集まってるにぎやかな感じが全部表現できるんだな、と思って。短い詩だからこその知恵ですよね。季語を重荷と感じるんじゃなくて、便利、ラッキーくらいに思えるかどうかって、俳句を作る上ですごく大きいですよね。

村上　有季定型の俳句において、やっぱり季語の存在は絶大ですね。

俵　ふだん句会に出てる人って、そういう季語が持つバックグラウンドを含めて読みが深いので、それを聞いてるだけでもおもしろいですよね。

村上 そう、そういう人っておもしろいんですよ！

俵 自分のものを評される場ということもおもしろいし、いろんな人がいろんな読み方をしてくれるのもおもしろい。同じ歌を読んでも、「こんな読み方をする人がいる」とか「こんな読み方がある」って勉強になるんです。読む力が付いてくると、自分の作品を読む力も付いてくる。短歌はどっちかっていうと、作る現場はすごく孤独なんです。孤独だから作り続けるための仲間はすごく大事、って思いがあって、句会ならではの楽しさを歌会でも共有できたらいいなと思っています。ちょうど今、歌会も変わってきてるかもしれない。私、２年くらい前から歌舞伎町のホストのみんなと歌会をやってて、そこは句会に近いような感じなんです。点も入れ合うし、みんなで〝この場で作って楽しむ〟雰囲気があって。今の歌会にも句会的な要素が流れ込んできてるのかな、ってリアルタイムでは実感としてあるんです。

村上 そういう場って、サービス精神が作品に投影されませんか？　いつもの仲間で集まったとき、知らない人が来るかもしれない場所で、ただ技術を高めたものだけを出しても、その日の話題にならないこともあるじゃないですか。だから、あえてみんながおもしろがれるものを出したりするのかな、と。

俵 もちろん、読む人がいることは常に意識します。だって、やっぱり短歌にして出すわけですから。日記みたいに書いて、机の引き出しにしまっておくものではない。自分ではいつも「日記より手紙に似てる」って思っていて。手紙って、読む人がいてこその手紙ですよね。なので短歌も読む人がいる、読む人に届けるという気持ちで、常に言葉を選んでいるかな。

村上 そうですよね。あと、僕がいろんな句会に参加していて思うのは、理屈で理解しようとしても無理というか、「そういうもんだ」と思うしかない場面が結構あるな、と。句会でみんな当然、句の考察とか分析をしてある程度、「なぜこの句がいいのか」を解き明かしていくんですけど、最終的には俳句でも、お笑いでもそうなんですけど、なんでウケてるかは正直分からない。分からないけど、おもしろいと思ったものを作り続けるしかないんです。お笑いも短歌も俳句も、最終的にはみんなが絶対にこれをいいと思う保証はないんだろうな、って思います。

俵 そうね。「なんでいいか分からないけどいいよね」ってありますよね。だからある意味、ＡＩに作れるものではないというか。だって、ＡＩって理詰めなわけですよね？「なんでいいか分からない」を込みで作ってきたら、ちょっと怖いんだけど（笑）。でもやっぱり、ＡＩがいろんなことを今やってくれていて、もし短歌や俳句を作るようになったとしても、一番最後なんじゃないかな、って気がする。

村上 そうですね。「なんかいい」っていうデータベースをめちゃくちゃ与えないとダメですよね。

俵 「なんかいいデータベース」ね。

村上 「これはなんかいいに付随する」をずっと与え続ける。でも「なんかいい」は「なんかいい」としか言えないから、難しいですよね。みんなが「なんかいい」って言うものを、なぜ？　って突き詰めようとし過ぎたら、離れていっちゃう感覚。

俵 ぎゅっと捕まえようと思うと、ふわっと逃げちゃう。

村上 そうなんです。今みんな、意味付けがすごく好きじゃないですか。評論がブームになってきてるから。そうなるとずっととらえられない感覚だな、って思っちゃうんです。僕もいっとき、論破したいなとか思ってましたけど、論破の方に意識が行きだすと正直、「なんかいい」から一番遠ざかってしまうんです。

俵 短歌にしても俳句にしても、理詰めで伝えるものではないと思うし、すごく短い言葉だから、相手を信じてないと作れないですよね。論破する場合は、相手を徹底的に信じてなくて、理詰めにして「どうだ」って追い詰めていくじゃないですか。相手を信じてないから、そうするわけですよね。それとは全く逆だと思う。相手を、読む人を信じてないと、こんな短いものを手渡せないですよね。論破って１００文字で１００文字分のことをきっちり言うことだと思うんですけど、それって本当に隙がない。「こうとも取れる」「ああとも取れる」はあり得ないわけだし。でも俳句が例えば、17文字で17文字分の情報しか伝えられなかったら、もう電報になっちゃう。言葉を信じてないとできないし、読者のことも信じてないとできない。だから実は、すごく麗しい心の上に成り立っている文芸じゃないかなと思います。

恋は説明するものじゃなく、おちるものだ

村上 ちょっと話がずれちゃうかもしれないんですけど、僕が好きな脚本家で坂元裕二さんって方がいらっしゃって、坂元さんのドラマ『いつかこの恋を思い出してきっと泣いてしまう』のセリフで「説明するんは、好きっていうのとちゃうよ」っていうのがあるんです。「僕と付き合えたらこうだ」「君はこうだからこうだ」って男性に言われたときに、主人公の女性がそうやって答えるんですけど、やっぱり条件を満たしていても、好きになれないものは好きになれないし、満たしてなくても「好きなものは好き」ってありますもんね。

俵 すごい分かる。「〇〇だからこの人が好き」っていうのはある程度自分でも理解できるんだけど、恋の場合は「〇〇だからって分かんないけど好き」。その理由が分かんなくなっ

たら恋かな、と思うようにしてる。この人、イケメンだから好きとか、おごってくれるから好きとか、それは好きでいいかもしれないけれど、「なんか分かんないけど好き」。その分かんなくなったときこそ、本物というか。

村上　確かに。

俵　それって、『万葉集』のときから人はそうなんです。教科書にも出てる歌だけど、《**多摩川にさらす手作りさらさらに何そこの児のここだかなしき**》って歌があって。多摩川に布をさらす、そのさらすようにさらに、どうしてこの子をこんなに好きか分からん！っていう。なんでこんなに好きなんだろう、っていう恋の歌なんです。これは千年たっても変わってないなって。「なんで好きか分からない」ってなったときが本当の恋だろうな、と思うんです。

村上　「恋とは」っていうトークがただしたいだけなんですけど、「どういう人が好き?」って女性に聞いたとき、「優しい」とか「おもしろい」って言うじゃないですか。それは好きなことを持続させるための条件だろうな、って僕は思うんです。優しくておもしろい人に恋して、付き合ってる人なんかいないと思うんです。付き合うことを持続させる能力だとは思うんですけど、結局「好き」が先にあるだけだろうな、って。〃好きになっちゃった人が優しかったらうれしい〃感覚というか。

俵　私も恋トークしたいだけで言うけど、作家の江國香織さんの名言で「恋はするものじゃなく、おちるものだ」というのがあって。やっぱり、そうなんですよね。恋をしようと思ってできるわけじゃないし。あるとき落ちちゃうんですよね、そこに。だから相手も落ちてくれないと。

村上　そうなんです。でも、一緒にいて絶対に楽しいし仲もいいのに、どうやっても好きになってもらえないこともありますよね。千年くらいたって、いい加減、誰かがもう、そろそろ答えを出してほしいなとは思いますけど。そしたら助かるんですけど。

俵　その部分はやっぱり、千年たっても解決できない（笑）。だって、科学技術だったら前の人が積み上げた上に積み上げていけるじゃない。でも恋愛って、みんな生まれて初めてしていくから、積み重ならないんだよね。

村上　分からないことを証明し続けてるだけですもんね、今。

俵　そう。

村上　だから俳句や短歌がずっとあるんだとは思います。僕が作った恋の短歌をいくつか、聞いていただいてもいいですか？

俵　ぜひ！

村上　自分で自分の作った歌が好きなのもダサいんですけど……。≪**路地裏で君と見つけた雑貨**

屋は歯医者になってもう二年です》。ふと街を歩いていて、雑貨屋が潰れたと思ったらすぐ歯医者になってるな、と思って。歯医者、すげえ増えてるじゃん、って。

俵 雑貨屋の前で立ち止まったときに、たぶん君と僕は会話したり、ちょっとショーウインドーをのぞいて話したりした、っていう含みがありますよね。路地裏の雑貨屋って聞いて、そのときの情景を思い出せるのは「僕」と「君」だけなんですよ、世界中で。だから、すごいラブレターになってると思う。しかもその思い出が、歯医者っていうすごく現実的なものに取って代わられてるところが物語ですね。映画の一場面みたい。

村上 僕、雑貨屋デートがすごい好きなんです（笑）。もう一首《**ポップコーンさえあるんなら大丈夫吹き替え版でいいよと君は**》。今はレンタルビデオ屋さんがあんまりないし、一枚のＤＶＤの中に吹き替え版も入ってるから言わなくなっちゃったんですけど。

俵 そういう時代ってありますよね。一時期はレンタルビデオ借りてきて一緒に見る、っていうのが一つの定番だったのに。ちょっと譲ってる感じがかわいいですね。

村上 こういう、何でもないことが意外と歌になるのがおもしろいんですよね。

俵 でも本当に、その何でもないことは歌にして取っておかないと消えてっちゃうから。

村上 そうなんです。全くもって冒険記とかじゃないし、テーマ性だったら自分がすごく不幸であるとか、大恋愛の方が当然いいでしょうけど。でも、そういう人生を歩んでる人の方が少ないだろうしな、っていう。

俵　本当にそうなの。そして、そういう波瀾万丈の人生じゃない人でも短歌や俳句は作れるところが、やっぱりすごく魅力なんですよね。そのささやかな日常が、ちゃんと形になる。それは本当に大きいことだと思います。

短歌や俳句がうまいとモテる世界

村上　人生を映画で描こうとすると、ドラマがないとなかなか難しいんですけど、短歌とか俳句は〝ギュッ〟てなってるから、意外と日常のささいな出来事も〝ギュッ〟てしたらそれらしく見えますもんね。そういうのを楽しむのもいいな、って思います。俵さんの《**発芽したアボカド土に植える午後　したかったことの一つと思う**》も本当に軽やかで、現実を楽しむことを上手にさせてくれる歌だなと思うんです。

俵　アボカドは季語じゃないかもしれないけど、上の句だけだと下手な俳句になります。「したかったことの一つと思う」を入れるスペースがあるのが短歌で、そこまで言いたい人は短歌に向いてると思うし、そこまでは、って思う人は俳句に向いてるのかも（笑）。

村上　そうですね。僕なんか全然プロではないんですけど、短歌も俳句も、やってみたら楽しい感覚はあるので、たくさんの人に入ってきてほしいですね。短歌や俳句が好きな人が増えると、先に始めてた僕が、ちょっとだけみんなよりうまいのでモテる要素になる（笑）。ミュージシャンがモテるように、短歌や俳句がうまいとモテる世界であってほしいんです。

俵　平安時代に生まれたかったですね。

村上　そう。〝ギター弾ける人かっこいい〟みたいな感覚で。俵さんの短歌が（商業施設の）ルミネの看板にあったら、たくさんの人が「おっ、いいな」ってなると思うんですよ。そんな風に街にもっと短歌や俳句が書いてあったらいいのにな、って思っちゃうんです。

俵　本当にそうね。古くからあるっていうことで「古めかしい」って思われちゃうのは、ちょっと癪ですよね。

村上　だから、これから俳句や短歌に触れるような人たちの前ではなるべく、「難しいものではなくて〝いいかも〟って思ってもらえるようなものを書こう」って気にはなります。だから僕は、俳句でも恋の句を作った方がみんな入りやすいかな、って思うんです。

俵　私、村上さん絶対、恋が向いてるなと思って。今回、この本の巻頭で恋の俳句を書き下ろしていて、すごくおもしろかったです！**《靴褒めてあげられた距離初明り》**。言うても靴なんだよね。今日のお化粧が、とかそこまで踏み込んで褒められない。でも、せめて相手のどこかしらを褒めてあげられたことで、ちょっと一歩近づけた。やっぱり「靴」が絶妙だなと思います。靴だから家の中でないのが分かるし、この靴にはちょっとほれました。

村上　よかったです！　靴を褒めるの、僕にとっては初級編より中級編くらいだと思ってて。〝女性の靴を褒める〟〝女性は靴を褒められるとうれしい〟っていうのが、僕の中ではすごく中級。女性を褒めるためのちょっと上達した要素で、俵さんもおっしゃった〝お化粧きれい〟よりは言いやすいです。

俵　なるほど。〝髪形変えた〟よりはちょっと上級編というか、階段上った感じもある？

村上　そうなんです。恥ずかしさとしては、靴の方が低い。靴を褒めるって、中学生じゃなかなかできないかなって。昔から靴とかばんは女性の特別なアイテムだな、って思ってましたから。

俵　だから、靴そのものというより、その人のセンスを褒めてるんですよね。特に靴って日替わりではないから、その人のセンスの本質的なところと関わりますよね。この句は〈初明り〉だから、元日に一緒にいるというのもすごく情緒があって。村上さんって叙情性があるというか、やっぱり人の心に興味がある人なんだろうなと思うので、ぶっちゃけ短歌に戻ってきてほしいとさえ思うんです（笑）。だって、俳句の中では恋の句ってそんなに王道じゃないもんね。

村上　そうですね。少ないし、勝手なイメージですけど、ヤボな空気さえ流れてるくらいの。

俵 でも、短歌では王道中の王道なんです。百人一首だって『万葉集』だって、半分以上が恋の歌だし。「勅撰集」の部立だって「春夏秋冬」ときて、俳句だったらそれで終わっちゃうところが、「恋」ってジャンルがあるわけですから。だから、恋を表現したくなったら短歌に戻っておいで、と言いたいです。

村上 僕も恋は短歌の方がいいというか、自分でも恋の歌を作ってると楽しくなるんです。俵さんの『サラダ記念日』もそうでしたけど、何でもないことで、なんでこんなにグラッとするの!? みたいなことですよね。ミュージシャンのラブソングほど直接的には言えないですけど、〝2人だけの遊び〟みたいなのが恋だよな、って思うんです。「みんなこの遊びやったことあるよね」ではなくて、「私たちにはこの遊びがある」っていう。あと、恋で詠もうとすると食べ物周りの状況がすごく多いです、僕。

俵 乗っかるわけじゃないけど、私も食べ物は多いです、本当に。同じものを食べるってやっぱり、すごく距離が近づく感じがしますね。

村上 一人のときに何を食べるかってあんまり意識しないし、自分の思い出の中の食べ物を思い浮かべたときに、一人で食べたものはなかなか思い出さないですよね。結局、誰かがいるから思い出すのかな、と。あと、今の僕くらいの年齢になると、ご飯なしで女性と遊ぶことがほぼないですね。すべてがご飯のある状況なのかもしれないです。

俵　そうよね。ご飯食べて楽しくない人は無理だよね。

村上　そうですね。それが一番かな。おいしいものを食べたときには、「あの人を連れてきたいな」って思いますもんね。そういう恋の俳句とか短歌が、朝のニュースやワイドショーの占いみたいな感じで身近に流れてくれれば楽しいな、と思うんですけど。

俵　それ、いいですね。

村上　僕は俳句や短歌が「みんな正座して聞くもの」のような感覚になり過ぎてるな、って思っちゃうんです。身近にしれっとあって、いい作品だけを好きになればいいと思うんです。俳句を好きになったらすべての俳句を愛さなきゃいけない、全部の歌集を読んでないと素人扱いされる、みたいに昔は自分も思ってたんですけど、音楽好きの人が全ジャンルの音楽を聞いてるわけじゃないですよね。

俵　映画好きだって、評論家みたいに観てるわけじゃないもんね。

心を点検して、日常を丁寧に生きる

村上　だから、「俵万智さんのこの一首は好きです」でいいと思うんです。でも、「俳句を志すなら当然、正岡子規を読んでるでしょ」みたいな空気をすごく感じるから。そんな風にされたら、誰も短歌や俳句の世界に入ってこないじゃん、って思っちゃう。それは勉強だし、やっぱり「教科書に載ってるもの」っていうイメージが強くなっちゃいますよね。それはもったいないですよね。

俵 こんなに思い立ったらその日から始められるものも少ないですしね。鉛筆と紙があればできちゃう。映画好きっていっても、映画撮るなんてなかなかできないし。

村上 確かに。正直、俳句や短歌は初心者でもマジで〝ラッキーパンチ〟があると思うんです、僕は。

俵 あります。

村上 ちょっと自転車こぐくらいのがんばりで、すごい人が「あっ」と言うようなものができあがる可能性が大いにあるから。そういうラッキーパンチが一回出ちゃうと、たぶん次はそれを超えたくなって、ハマっていくんだと思うんです。絵画でラッキーパンチって、ほぼ起こせないと思うんですよね。

俵 音楽とかもね。

村上 俳句や短歌だって技術は当然必要だけど、絵画や楽器を弾くよりは、技術の部分を感性が追い越すときがあるから。始めたらハマっちゃう人、多いと思うんです。

俵 それは本当にあることで。だって、基本の「き」がふだん使ってる言葉であって、今、ゼロから日本語を習う必要はないわけだから。道具はもう手にできてるんですよね。トランペットとか、最初に音を出すだけでもすごく大変でしょう。みんなもう、音は出せる状態でいるので、あとは日常の中でアンテナを張っていると、本当に宿るようにいいものが来る。その喜びもすごく大きいし。一方で、別にすごい名作を物にしなくても、短歌を作っていることだけで私自身は日常をすごく丁寧に生きられますね。「あっ」て思ったとき、そこで立ち止まって、もう一回心を点検し直す。短歌とか俳句を作っていると、そういう時間が否応なく生まれますよね。その時間が生まれること自体が、すごく豊かなことだと思うんです。本当に、すべての方にお勧めしたい。

村上 そう思いますね。

俵 あと、こういう文化とか文芸って、作る側にちょっと入ってみると、受け手としても興味の持ち方が全然違うと思うんです。ふつうの読書として句集とか歌集を読むのはもちろんありなんだけれど、ちょっと自分が作る側の立場になってみると、読み方も楽しさが広がる。「さすがうまいわ」とか、そんなのでもいいんです。

村上 僕も本当に、そういう感覚です。ハードルが高いと思ってる人も「意外とやれますよ」というところだけを言いたい。俳句や短歌がたくさんの人にちょっとでもかすればいいな、って思います。

特別対談2

又吉直樹×村上健志

一瞬で広がる俳句の物語

先輩と後輩だけれど、
同い年で、しょっちゅう飲みに
行くほど仲良し。
ピースの又吉直樹さんと
村上さんで、
俳句談義を繰り広げました。
又吉さんが村上さんの
俳句に付けた
キャッチコピーとは!?

又吉直樹
（またよし・なおき）
1980年大阪府生まれ。吉本興業所属のお笑い芸人。コンビ「ピース」として活動中。2015年に本格的な小説デビュー作『火花』で芥川賞を受賞。その他の著書に、小説『劇場』『人間』、エッセイ『第2図書係補佐』『東京百景』、自由律俳句集『蕎麦湯が来ない』（せきしろとの共著）などがある。YouTubeチャンネル［渦］には村上も出演中。

村上の視点は気持ちがいい

村上 僕、『プレバト!!』で俳句を初めて作ることになったときに、又吉さんに相談してたんですよ。又吉さんは自由律俳句をやっていて、有季定型をがっつりやっていたわけではないんですけど、技術的なことよりも「こういうことを俳句にしようとするの、どうですか」って感じで、見てもらってましたよね。

又吉 やっぱり村上の目の付けどころというか、「ここの瞬間」とか「ここの、この感覚」を詠みたい、っていうのがおもしろいですね。僕は句集を読むのが好きで、もちろん技術が優れている人や、おもしろい人はいっぱいいるんですけど、村上の視点は気持ちいいんです。「そら、そうやろ」っていう感覚のおさらいじゃなくて、「なるほどな」という、発見に近い感覚があるんです。例えば（巻頭俳句の）《**君の足這う蟻のこと教えずに**》。これはどういう心境でこういう状態になってるのか。僕がまず思うのは、この「君」がしゃべっているんですかね？　アリのことを指摘して話を止めんのが嫌なんです。その次の瞬間にあったはずの時間がなくなってしまうんで。違う流れにしたくない。でもアリが君の足を這っていること自体は気になってしまうのかな。付き合う前で、まだ2人で建物の中に一緒にいる関係じゃなくて。公園でその人としゃべってるだけでも、うれしいんですよね。好きな女の子としゃべってたら、次の瞬間、「そろそろ帰るわ」って言うんじゃないかっていう恐怖がずっとあるんですよ。帰りたいのに我慢してたらどうしよう、とか。その瞬間の蓄積が時間になるから、少しでも延ばしたいっていう気持ちはすごく分かるんです。好きな子にクイズとかなぞなぞ出されたら、答えが分かっていても僕、なかなか答えないですね。「むずいわー」って。

村上 これが又吉。いつも又吉さん、俳句とか俳句のタネを話したときに、一瞬でここまで物語を作るんですよ。ちょっと変な、異常能力というか。今又吉さんがしゃべってるのを聞いて、「これ、僕の作品だっけ?」と思いました。それがうれしいんですよね。

又吉 村上の恋愛っぽい俳句も好きですね。村上が作るコント自体も、「あるある」って思う人もいるかもしれないんですけど、「あるある」ではないんですよね。「そういえば、こんなやつおるな」とか、そういう切り口は村上が持っている〝他の芸人とは違う感覚〟なんですね。だから、「芸人って俳句も作れんねや」って思われているとしたら、本当に大きな間違いで。〝村上やからこういうのができる〟っていうのはすごく言いたいですね。

村上 そうそう僕、誰も気付いてない、見ようとしていないところを詠むのが好きなんですよ。俳句を始める前に、短歌を作るポイントを解説した穂村弘さんの本を読んだんですけど、その中で、「あるあるという要素において〝ありがち〟じゃなくて〝確かに〟っていうのが詩になる」っていうようなことが書いてあったんです。それにすごく合点がいって。それこそ、又吉さんの自由律俳句も例えで載ってたんですが……。

又吉　**《くす玉の残骸を片付ける人を見た》**か。

村上　そう。僕らはくす玉に対して、割れる前の吊るされてるものと、割れる瞬間しかくす玉と認識してないけど、くす玉には片付けられる瞬間も、焼却炉に入る瞬間も当然ある。そういう、「そういえばあるよな」っていうものを見つけるのが楽しいな、と思ったんですね。

又吉　そうやな。僕とかは、悪い癖みたいに、そんなものばっかり見てしまうから。排水溝とか室外機とか、表というより裏、上というより下みたいな。特に20代の頃に作ってた自由律は、憂鬱なやつの視点に留まるものばかりで、だいたい裏通りの寂しげなところとか、みんなが注目してないところとかなんですよね。打ち上げのカラオケで誰が何を歌って盛り上がった、みたいなことよりも、「ここ、しんどいな」と思ってタバコも吸わんのに非常階段みたいなところに行ったら、同じ会に出席していたおとなしめの女性が先にいて、しゃべるわけじゃないけど、「お互いにしんどいですよね、このノリ」みたいな意思の疎通があったりして、そっちの時間の方が、僕からしたら記憶に残りやすくて。僕が恋愛とか、誰かのことが好きとか、そういう感情を文章とか自由律にするときって、カウンターを決めにいってる感じなんですよ。「こんな俺でもこんな瞬間がある」っていう。その時点でもう「裏」なんかもしれないですよね。村上はそこのバランスが裏も表も両面いけてるようなところがあるんじゃないかな、と思うんです。ちゃんと大学出て、勉強して、割と顔も整ってるけど運動はできずに。長所と短所が混在してるいびつな人間というか、変な芸人なんで、それが俳句とか短歌みたいな、その人なりの視点を持ってないとおもしろいものができにくいジャンルに、すごく合ってるんじゃないかなと思うんです。もちろん視点だけじゃ俳句は作れないと思うので、句会に参加して修行したり、番組で俳句作ったりして。信じられへんくらいの成長ですよね。

誰の日常にもあるような俳句を

村上 僕、何事にも憧れて、何事もうがった目で見て、何にも没頭できないんですよ。その辺が俳句にも出るのかもしれないです。だけど、難しいですよね。ずっと葛藤してるのは、俳句でも小説でもお笑いでも「自分の思いだけをシンプルに出せるもの」ではなくて「狙っていくもの」なのに、狙い過ぎると急に「におい出す」っていう。

又吉 僕、狙い過ぎてるやつ好きですけどね。みんなが、ちょうどいい落としどころを見つけようとしてる、探ってるものよりは、振り切ってるもの。

村上 確かに、そういうのを作っていくと、すっと抜けたものができることはありますよね。それこそ、又吉さんの本のタイトルにもなってる《**カキフライが無いなら来なかった**》なんて、本当にすとんと抜けてる。すごくいい意味で、素直を装ってなく、素直に見える。これを「自由律俳句だ」って言わなくても、「俺も思ったことあるけどな」って思わせるのがすごいなと思いましたね。

又吉 それは最初に作った自由律ですね。作家のせきしろさんから自由律俳句というものを教えてもらって、「例えば、こういうことですか」って出したやつです。カキフライにハマってた時期で、カキフライがあるからよく行ってた店があったんですよ。で、注文したら「終わりました」って言われて、めちゃくちゃ腹立ったんですよね。先言うといてや、って。カキフライないならわざわざここ来る必要ないねん、くらいに思って。実感ですね、当時の。

村上 やっぱり、実体験はそういう強さみたいなものがあるんでしょうね。僕、この句からインスパイアされたって言っていいのか分からないけど、誰の日常にもあるような感じで作ろうと思ったのが、（巻頭俳句の）《**生ハムじゃないハムで呑む三日かな**》なんですよ。正月の3日、一人暮らしだと別にめでたさもなくて、意外とハムあたりで飲むのがうまくて。

又吉 生ハムみたいな、お店で出るような大層なやつじゃない。だから、「光が多め」の映像というよりは、もうちょっとリアリティーのある「家の電気」くらいの感じやな。

村上 「それ、詩なの?」って言われてしまっても仕方がないようなものを今回の本では載せたくて。だから、すごい俳人に言わせたら「こんなの俳句じゃないよ」って言われるのかもしれないですけど、それでいいかなって。

又吉 想像できるけどな。正月に何の予定もなくて、すこんと空くときあるもんな。一通り初詣も終わらせて、どっか食いに行くほどでもなくて。この前日か前々日くらいにたぶん、みんなで結構食うたり飲んだりしてんねやろうな。

村上 正月らしく、おせちなのか鍋なのかして。

スマホのカメラと月と詩と

又吉 **《満月や踏んだことない部屋の角》**っていいな。行ってみたいというか、触ってみたくなるような満月があって、その後に、実は自分の部屋の中にもまだ踏んだことがない場所があることに気付くのがおもしろいなと思うんですよね。僕、月がすごく好きなんです。飽きないんですよね。満月とか新月になるたびに、「わ、今日満月や」とか「わ、今日新月や」って思うんですよね。自由律でも気抜いたらすぐ、月か夕暮れを使うんで、ここぞというとき以外はだいぶ我慢してますね。

村上 又吉さんの月の句ですごく好きなのがあるんですけど、あれ、何でしたっけ？

又吉 **《やや欠けた月も満月として詩》**ってやつですね。

村上 自分のストーリーを生きていく中で、失恋して、その日の月を見上げたら、ちょっと欠けてるけど満月の日にふられたことにしよう、みたいな感覚がありますよね。

又吉 最近のスマホって、月が撮れるらしいな。でも肉眼で見た方が、やっぱり月ってきれいやから。自分の物にしたくて撮るけど絶対しようもない写真になるから、諦めて、結局見るしかないっていうな。

村上 だから、詩があったんじゃないですか。

又吉 そうやな。

村上 画像に収められないから、

又吉 それを詩というもので、

村上 補った。

一句をおいしく召し上がれ

又吉　村上がウェブ連載で出していた《**逆さまに干されし傘よ鳥渡る**》って、傘を逆さまにしてるんですけど、鳥と傘自体が若干、逆さまなもののような気がするんですよね。鳥は雨の日も飛ぶんか知らんけど、傘の出番が終わったら鳥が空飛ぶ番、っていう感じもして。対になってる感じがおもしろいなと思った。前日なのか少し前に雨が降っていて、今晴れてるっていうのが。視点が空に行くのがおもしろいなと思いますね。

村上　めちゃくちゃ感覚で作ってて〝視点の誘導〟とかあんまり意識したことないんですよ。そう再現してもらってるなら、うまくいってはいるんですけど。

又吉　そういうのって、無意識やからな。無意識やけど、どっかで潜在的に感じてないと形にならへんと思うで。

村上　俳句の鑑賞って慣れないと「よく分かんないや」で終わってしまうことがあるんですけど、掘っていくほど楽しめるものなんですよね。又吉さんはすごくそこを深くまで行くし、楽しみ上手だから見せがいがあります。俳句って別に、その後ろにある物語は読み手によって変わっていいと思うんです。

又吉 例えば、小説でも俳句でもそうやと思うんですけど、そこにある一句一句が鍋料理で、みんなで囲んでいて、それを自分の小皿に取って食べるときに、当然そのまま食べてもおいしいということが前提にはあるんですけど、ポン酢を入れたらもっとうまいんちゃうかとか、ネギまぶしたらとか、ゆずこしょう使ったらって、各個人がどうおいしく食べるか。本物の鍋のときは、みんなそうやってするじゃないですか。面倒くさいから、お店の人に「一番おいしい食べ方教えてください」って言う人もおるけど、僕は割と自分でやってみる。その「自分やったらこうする」っていうのを、俳句の鑑賞なら、自分の実人生と結び付けてみるとよりリアルになっていくこともあるじゃないですか。映像とかイメージができていく。ぱっと見て終わらすんじゃなくて、自分なりにおいしく食べようとする。僕はこの鍋の、小皿に入れたものに自分でちょっと味付けして、「こう食べるとおいしいよ」っていうのをみんなに食べさせたくなるんです。「だまされたと思って、俺のこれで一回食うてみて」みたいな。僕は絶対に、人が作った料理とか鍋とかを、まずく食ったろっていう構え方をしないんです。それはもう無駄でしかないから。それをいかに楽しむか、っていうのは心掛けてることかもしれないですね。

村上 句会に参加したときに思うのは、一句の映像について「これはこうなんじゃないか」って意見がぶつかるというか、交わし合うのがいいんですよね。又吉さんが参加したら、読みがすごいからみんなうれしくなると思う。

又吉 食べる専門ってことね。

村上 句会はあまり自解ができないから、上手な読み手がいるとうれしいんですよ。僕が参加した「尻子玉俳句会」（※153ページ）って、又吉さんも好きだろうなって思ったんですよね……。あえてファンタジーな句だけを提出する句会なんですけど、河童とか宇宙人とか地底人の目線で俳句を作るんですよ。

又吉 **《父に似てきた水掻きやオリオン座》《手を組んで死んでる河童十二月》**。いいやん。確かにおもろいな。

村上 これは楽しかったですね。ここまで来たら失敗とかもないし。

又吉 妖怪系、結構考えるかも。天狗の鼻の先端は、めちゃめちゃ冷たなるんちゃうかな、とか。あんだけ長いし、血液あんまり行かなそうやから冷たいやろなって。

村上 又吉さん、妖怪めちゃめちゃ好きですよね。

又吉 天使とか悪魔とか、妖怪ネタは死ぬほど作ってきたからな。

村上 確かに、みんなが知らない天狗の習性とかを書いたら、それだけでおもしろそうですね。勝手なうそというか、真実がないので。

又吉　妖怪って人間社会と自然のはざまに出るもんやと僕は思ってて。だから、暗闇に出たり、町と自然の境界線の辺りに出没するんですよね。墓とか、山のど真ん中じゃなくて里との境目みたいな。そういう存在やから共感するんですよね。自分自身もある種、妖怪みたいなもんやな、と思ってるんで。僕と村上は同い年で、僕らの1個下がたぶん就職氷河期やんな。ほんまの底やったんですよ。僕はもう芸人になってて、月の給料2、3万くらいで。風呂なしエアコンなしのアパートに住みながらテレビ見て、同世代の若者たちが就職難で、会社に入っても初任給がバブルの頃とかなり差がある、みたいな報道を見て、かわいそうやなと思いながら。でもよう考えたら、「いや、おまえもっとひどい生活してるやろ」って自分自身で突っ込んでもうて。自分はもう社会には含まずに、全然違う場所から俯瞰で人間社会見てるやん。「社会を物語として、自分が傍観してる」っていう意識がすごいあって。当時、吉祥寺に住んでたんですけど、吉祥寺におる変なやつは、だいたい僕のアパートに入っていくんですよ。僕からしたら、アパートに住んでる人たちがみんな妖怪みたいな。「妖怪の巣窟みたいやな、ここ」と思って。そういうのに感情移入するから、妖怪とか見てて共感もするし、こんなやつらもおっていいんじゃないかとつい、妖怪ネタを書いてしまうんですよね。妖怪って言葉は使わないですけど、書いてる小説もだいたいそんな感じです。妖怪小説。

村上　「妖怪が好き」っていうと、ふつうは「ネコが好き」っていうような感覚じゃないですか。これがたぶん2、3周して、自分が妖怪だとして、「妖怪の目線として人間が好き」っていう謎の現象が起きちゃってますよね（笑）。妖怪好きというか、人間好き。

又吉　人間かわいいですからね。

村上　妖怪として世界の習性を探ってるから、人間のいろんなところが見えるんじゃないですかね。

又吉　確かに取材癖は付いてるかもな。前に行ったすごいかっこいいバーで、女性がお酒を作ってくれたんですけど、たまにカウンターの下にいなくなるんですよ。何の作業してるのかな、と思ってちょっとのぞいたら、おにぎり食べてた。それって本来、見ることができひん瞬間やから。オーセンティックなバーやと、バーテンダーさんがおにぎり食べてたらあかんから。こっちにはちゃんとバーでいてくれるけど、彼女には彼女の日常の中でおにぎり食べなあかんから、それはおもしろいですよね。

村上　みんな同じ時間を生きてるからそういう瞬間も見てるはずなのに、見過ごしてますよね。照明が落ちてて音楽がかかって、バーテンダーさんが立ってるところしかバーとして断定してないから、その記憶しか残っていかないですよね。又吉さんの場合はそもそも、キャッチ能力がすごいというのもあるんですけど。だから、明るさも暗さも全部好きで、全部知りたいんじゃないですか。世界ってこういうもんだって決めつけないで、「とりあえずあるもん見といたらこういう瞬間だった」とか。たぶんそれが好きなんだろうし、そういう人だから、句の鑑賞に対して「きっと何かがあるはずだ」「ヒントがあるはずだ」って、いっぱい考えてくれるんだと思うんですよね。

恋の間接温度

又吉　**《サムギョプサル包むサンチュに微熱かな》**も好きやな。実際にサムギョプサル包むサンチュって温かいもんな。

村上　包む前は温かくないんです。肉を包めば肉の熱が移っていくっていう。それがなんか恋だな、と思ったんですよね。

又吉　恋っぽいよな、なんか。

村上　なんかね。実際に女性とサムギョプサルを食べに行ったときに思ったんですけどね。ご飯は行けるけど触れたことはない。恋愛において温度感ってあるじゃないですか。横でサムギョプサルを包んでるときのサンチュの熱に、その人のことを思ったのかもしれないしね。自分で作っといてなんですけど。

又吉 そやな。それを感じたくなるし、相手も同じ物を食べてるわけやろ。お互いが同じ温度を共有してるのが、間接的にその人に触れてるような。

村上 間接温度だ。いいですね。この2人、うまくいきますかね。

又吉 いかないね。

村上 何でそんなこと言うんだよ。

又吉 楽しいんやけど、おいしい物を食べに行くから来てくれた、っていう場合もあるしな。あと、触れたいけど触れられないで、サムギョプサル包んで温度を感じてて、実際には葉の薄いところは熱いけど茎の部分は冷たかったりするしな。そういうことを考えちゃってるっていうことは、かなり繊細になってるから、この子との会話に没頭できてない。考え過ぎて、優しくしようとし過ぎて、相手を疲れさすかもな。

村上 こいつは、サムギョプサル食うときは、あえて乱暴に食べてますから。男らしいところ見せようと思って。

又吉 やり過ぎやろ。汁ぽたぽたってなるし（笑）。

村上 ぽたぽたになっても関係ねえや、みたいな。「これがいいんだよね」とか言いながら、こいつら食べてます。

又吉 お店の人にも嫌われるし。雑な食い方してんな、みたいな。

村上 こいつの恋、うまくいってほしいな。無理か〜。

又吉 そうね。**《去る君の汗に張り付くソファーかな》**もいいね。その人が去った後の方が、存在が大きく感じられるっていうね。

村上 さっきの月の話じゃないですけど、ドラマや映画の去り際はきれいじゃないですか。でも、もしかしたら別れ際とか告白のときの、以前、又吉さんがおっしゃっていた「蚊に刺されてるかも」みたいな感覚です。別れ際にはきっとある、みっともない瞬間。それがリアリティーだけど、ドラマや映画にする必要は全くないじゃないですか。でも、俳句はこういう瞬間を詠んでいいというか。

又吉 俺もそうやな。そういう瞬間、好きやねんな。そういうのって、でも、どんどんはしょられていくからな。

村上 そう。付き合った、別れた、ってところに焦点を合わせた物語には、いらないですもんね。

又吉 例えば、別れ話をするカップル。最後に彼女の家に行って、彼女からふられるんやけど、男は結構、感傷的になってて。「もう何回もこんなことばっかりやから別れたい」って言われてるときに、テーブルかキッチンに8割くらい食うた弁当があったら、めっちゃ嫌じゃない？　ここに来るまでの自分の過ごし方と比べて、「こいつは飯をちゃんと食うて」とか。自分ほどドラマチックにこの時間をとらえてなかったんや。なんか諦めつく、みたいな。そういう瞬間が描かれてると、僕はうれしいんですよね。

村上 そうやって見ていけば、いっぱいあるんですよね、きっとね。いやらしさではなくて、嫌なところを見つけてやろうっていうのでもなくて、人にはそれぞれの理由がある、って気付いてあげられるっていうね。だって、めっちゃ感傷的になってる彼氏と、「今日、あいつに別れ話するけど、たぶんまた嫌がるわ」っていう女性は、女性の事情もあるかもしれないですもんね。なぜ腹ごしらえをしたか、っていう。

又吉 そやな。明日か明後日の夜に健康診断に行くから、ここで最後の飯食うとかなあかんかった、みたいな。

村上 それまで、めちゃくちゃ飯食ってなかったかもしれないですもんね。

又吉 腹減り過ぎて、ようやく食べられた。

村上 事情は人それぞれあるからな。

又吉 そういう瞬間を自分でも書きたい、っていうのはあるな。

村上俳句のキャッチコピーは

村上 僕の俳句にキャッチコピーを付けるとしたら、何ですかね。

又吉 そうやな……すごい純粋な感覚やと思うんですよね。だから難しいねんな。自由律で《**愚直なまでに屈折している**》って詠んだことがあって。それは自分のことなんですけど、村上も近いんかな。

村上 逆かもしれないですね、僕は。屈折しているようで、まっすぐな気がします。

又吉 「ピュアちゃん」でいいかな。

村上 やめろよ。

又吉 「ピュアちゃん俳句」でいいんじゃない。

村上 ちゃんとやれよ、「十七音の魔術師」とか。

又吉 恥ずかしいわ。全然違うし。無理やり言葉にするなら、「日常を足場に無垢に触れる」かな。村上の俳句はすごく純粋な感性によるものやし、汚れのない視点がある。それやのに語ることが許されないような聖なるものでもないねん。鑑賞している自分と無関係ではない近さが感じられるねん。その理由は足場が日常にあるからやと思う。人間的な生活の中から短詩という形式を経て、ふだんは摑めていない純粋な感覚に触れることができるんじゃないかな。そこに感動があるんやと思う。天使が空飛んでてもふつうやん。飛ばれへんはずの人間が空を飛ぶから感動すんねん。だから、これからも俳句を作ってください。今日はありがとう。

おわりに

「おわりに」を書くのは初めてである。もしかしたら「あとがき」かもしれない。「終わりに」かもしれない。分からない。本を出すのが初めてなのである。

といっても、この本はウェブサイト『好書好日』の中の「フルポン村上の俳句修行～わかったつもりでごめんなさい～」という連載を書籍化したものであり、書いて頂いているのは朝日新聞社の加藤千絵さんである。

それでも自分の本が出るという喜びはやはり大きかった。と同時に恐怖がやってきた。本を出版するにあたり、いくつかの俳句を新しく作った。俳句を作ることはいつも通り苦しいのだが、いつもと勝手が違う。僕がＧＯを出してしまえば本に載ってしまうのだ。添削してもらえることもない。句会ではいくつか俳句を提出するのだが、誰にも触れてもらえなかった俳句がいくつもある。もしかしたら、この本に載せた書き下ろしの句もそういった俳句かもしれない。恐ろしい。沢山の句会に参加し俳句を愛する人たちの優しさを知ったのに「俺たちが本を出せていないのに、こいつが……？　うわーこんな俳句載せちゃってるよ」と思われるかもしれない。恐ろしい。これまでの句会で出会った方々のお力を借りて俳句を見てもらうこともできたかもしれない。そうすれば駄作を載せてしまうリスクは減ったかもしれない。けれど、そうしなかった。

とある句会で、一人だけが票を入れてくれた句があった。その方が句会終わりに僕に話しかけてくれた。「あの俳句、人気なかったけど絶対いい俳句だと思う。あれは絶対残した方が良い」と言ってくれた。自分でも好きな句だった。結局あの句が良いかどうかは分からない。俳句に良し悪しはある。あるけれど、好みってのもやはりある。誰かにとって素直で良いものは、他の誰かには稚拙なものかもしれない。読み応えのあるものはよく分からないものだってこともある。正直ここまで僅かながら俳句をやってきて、結局俳句のことは分からないままである。むしろ、やればやるほど分からなくなってるんじゃないかとさえ思う。分かったつもりのことを言うのだけは少し上手くなった。

けれど「なんかすっごい好きなのできちゃった」と自分の句に惚れてしまうことがある。その句を人に良いと言ってもらえると、とてつもない快感があることは確実だ。五七五という限られた定型に「今」を入れようとすることで、自分でも思わぬ発見をすることがある。

言葉を授かることがある。そんな今の自分が良いと思う俳句を自分の判断で載せることにした。そうして読者に委ねるしかない。句会ではいつもそうだったから。参加者の無記名の句に票を入れるとき、いつだって自分の好みだった。他の人が入れていない俳句を自分だけが選んでしまったとき「なんかやってしまった感」があったが、その句の作者の方に感謝されて選んで良かったと思った。

この本は「はじめに」でも述べた通り、分かったつもりの男が句会に参加した記録だ。「俳句とは」と語れるようになど当然なっていない。無論、語るものではなく俳句で示すしかない。この本に載っている俳句で少しでも成長が感じてもらえるなら嬉しい。

本書の刊行を実現してくださった春陽堂書店の浦山優太さんありがとうございました。連載を与えて頂き、執筆をして頂いている朝日新聞社の加藤千絵さんありがとうございました。裏表紙では、青春なんて自分にはなかったと思っていた僕にも青春があったんだと感じさせてくれた大好きな大槻ケンヂさんの『グミ・チョコレート・パイン　グミ編』（ＫＡＤＯＫＡＷＡ　角川文庫）をイメージとして使用させて頂きました。ありがとうございました。僕が詩歌の道に踏み入れるきっかけになった俵万智さん、いつも俳句の話を聞いてくれる又吉直樹さんと対談させて頂きとっても光栄でした。ありがとう詩歌。俳句が僕の手をとって色んなところに連れて行ってくれた。通り道でしかなかった公園でイヤホンを外して耳を澄ますようになった。月を近くで見るために滑り台の頂上に登ってみた。葉っぱの裏側は違う緑で、炎や雲は形を変え続けていた。半径1メートルの世界はとてつもなく広い。手の届かない大空の感触を感じられそうになる。また分かったようなことを言ってしまっている。こんな分かったつもりの僕を温かく迎えてくれた句会で出会った皆様、本当にありがとうございました。本書を読んで、句会はハードルの高い場所では全くないことが分かって頂ければ幸いです。

　これからも分かったつもりで俳句修行はまだまだ続きます。いつも分かってくれようとしてくれてありがとうございます。

　最後までありがとうございました。

村上健志

本書は、ウェブサイト『好書好日』の「フルポン村上の俳句修行〜わかったつもりでごめんなさい〜」（２０１８年10月26日〜２０２０年7月18日掲載分）を加筆修正し、書き下ろしと特別対談を加えて再構成したものです。

村上健志

Kenji Murakami

1980年12月8日生まれ。茨城県牛久市出身。吉本興業所属のお笑い芸人。東京NSC10期生の村上と亘健太郎が2004年に結成したコンビ「フルーツポンチ」として活動中。ボケ担当。2008年、『爆笑レッドカーペット』に出演し、村上の“ウザキャラ”を前面に押し出したコントで人気を博す。2009年、『爆笑レッドシアター』レギュラーメンバーに選ばれる。現在、MBS『プレバト!!』不定期出演中。俳句の才能を発揮し、自身の句が2021年度版の中学3年生向け教科書『現代の国語3』(三省堂)や『ハンディ版　オールカラー　よくわかる俳句歳時記』(ナツメ社)に収録された。趣味は、ドラマ(脚本、出演、演出)、マンガ、おしりがキレイ。オフィシャルブログ『連載』(Ameba)、YouTube『フルーツポンチ村上のムラカミーチャンネル』にて、日々の思いつきを記録中。

Twitter：@fpmurakami
Instagram：@mura_kami_kenji

当店では《新潟産コシヒカリ》を使用しています。
カレーセット ¥750
スパゲティセット
ミートソース
ナポリタン ¥850

フルーツポンチ村《むら》上《かみ》健《けん》志《じ》の俳《はい》句《く》修《しゅ》行《ぎょう》

2021年4月1日　初版第一刷発行

著者　村上健志
発行者　伊藤良則
発行所　株式会社 春陽堂書店
〒104-0061
東京都中央区銀座3-10-9 KEC銀座ビル9F
https://www.shunyodo.co.jp
電話　03-6264-0855（代表）
装丁　平岡和之（ビーワークス）
印刷・製本　惠友印刷 株式会社
取材協力　吉本興業株式会社、株式会社朝日新聞社、喫茶ニット
編集担当　浦山優太

本書へのご感想は、contact@shunyodo.co.jpにお寄せください。

ISBN978-4-394-99006-2 C0092